『ランドックの刻印』

まんなかの、一段高くなった玉座から、かれら一行を迎えに立ち上がったリンダ女王は——（96ページ参照）

ハヤカワ文庫JA

〈JA915〉

グイン・サーガ⑪⑨

ランドックの刻印

栗本　薫

早川書房

6233

RADICATED BY RANDOCH
by
Kaoru Kurimoto
2008

カバー／口絵／挿絵
丹野　忍

目次

ぼくは風だ。誰にも引き留められない。ぼくの行方を決めるのは空の風だけ——そしてぼくは、風に吹かれてどこまでもどこまでも、あの雲みたいに流れてゆきたい。ぼくの望みはただそれだけだったのに。

吟遊詩人の嘆きの歌より

〔中原拡大図〕

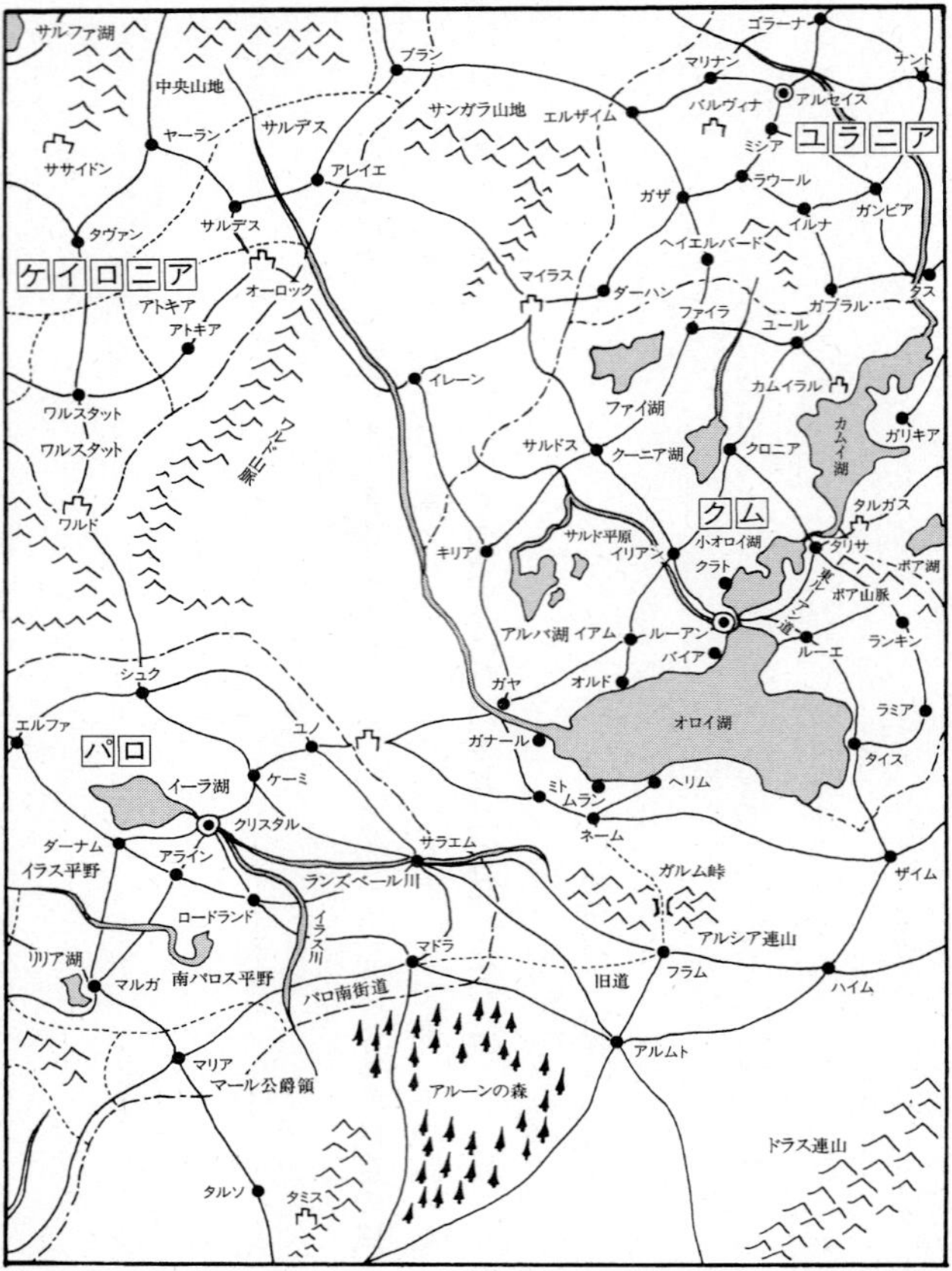

サルファ湖
中央山地
ヤーラン
サルデス
サンガラ山地
アレイエ
ブラン
エルザイム
マリナン
ゴラーナ
ナント
アルセイス
バルヴィナ
ミシア
ユラニア
ラウール
ガザ
ガンビア
イルナ
ササイドン
タヴァン
サルデス
ヘイエルバード
ケイロニア
オーロック
アトキア
アトキア
マイラス
ダーハン
タス
ガブラル
ファイラ
ユール
イレーン
カムイラル
ワルスタット
ワルスタット
ファイ湖
カムイ湖
ガリキア
ワルド山脈
サルドス
クーニア湖
クロニア
ワルド
クム
タルガス
サルド平原
小オロイ湖
イリアン
タリサ
キリア
クラト
ボア湖
東ルーアン道
ボア山脈
ランキン
アルバ湖
イアム
ルーアン
バイア
ルーエ
オルド
ガヤ
シュク
ラミア
オロイ湖
エルファ
パロ
ユノ
ガナール
タイス
ケーミ
イーラ湖
ミト
ムラン
ヘリム
クリスタル
ネーム
ダーナム
サラエム
ザイム
イラス平野
アライン
ランズベール川
ガルム峠
ロードランド
イラス川
アルシア連山
マドラ
リリア湖
マルガ
南パロス平野
旧道
フラム
ハイム
パロ南街道
アルムト
マリア
マール公爵領
アルーンの森
ドラス連山
タルソ
タミス

〔パロ周辺図〕

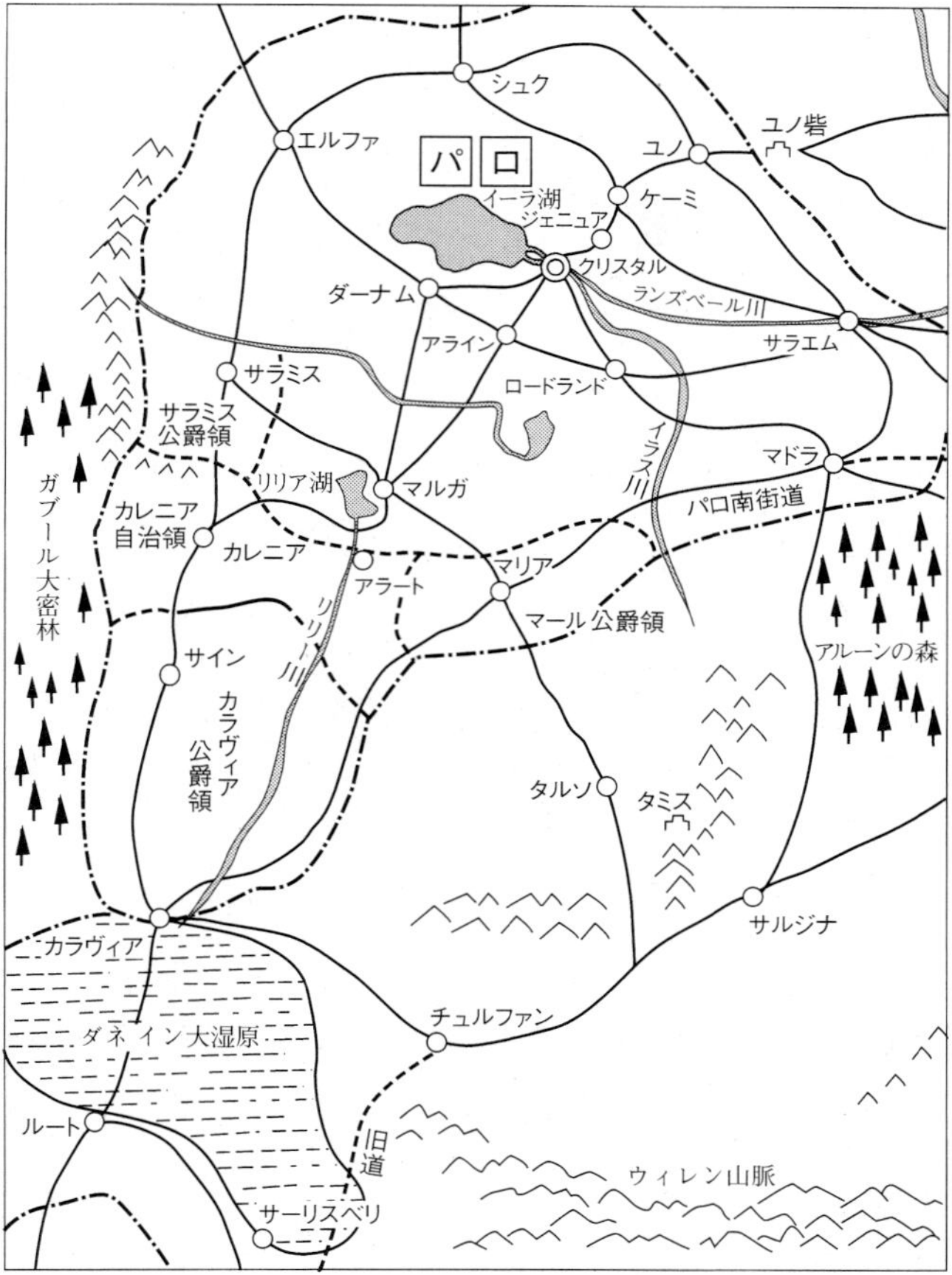
シュク
エルファ
パロ
ユノ砦
ユノ
ケーミ
イーラ湖
ジェニュア
クリスタル
ダーナム
ランズベール川
サラエム
アライン
ロードランド
サラミス
サラミス公爵領
イラス川
マドラ
ガブール大密林
リリア湖
マルガ
パロ南街道
カレニア自治領
カレニア
アラート
マリア
マール公爵領
リリア川
サイン
アルーンの森
カラヴィア公爵領
タルソ
タミス
サルジナ
カラヴィア
チュルファン
ダネイン大湿原
ルート
旧道
ウィレン山脈
サーリスベリ

〔クリスタル・パレス〕

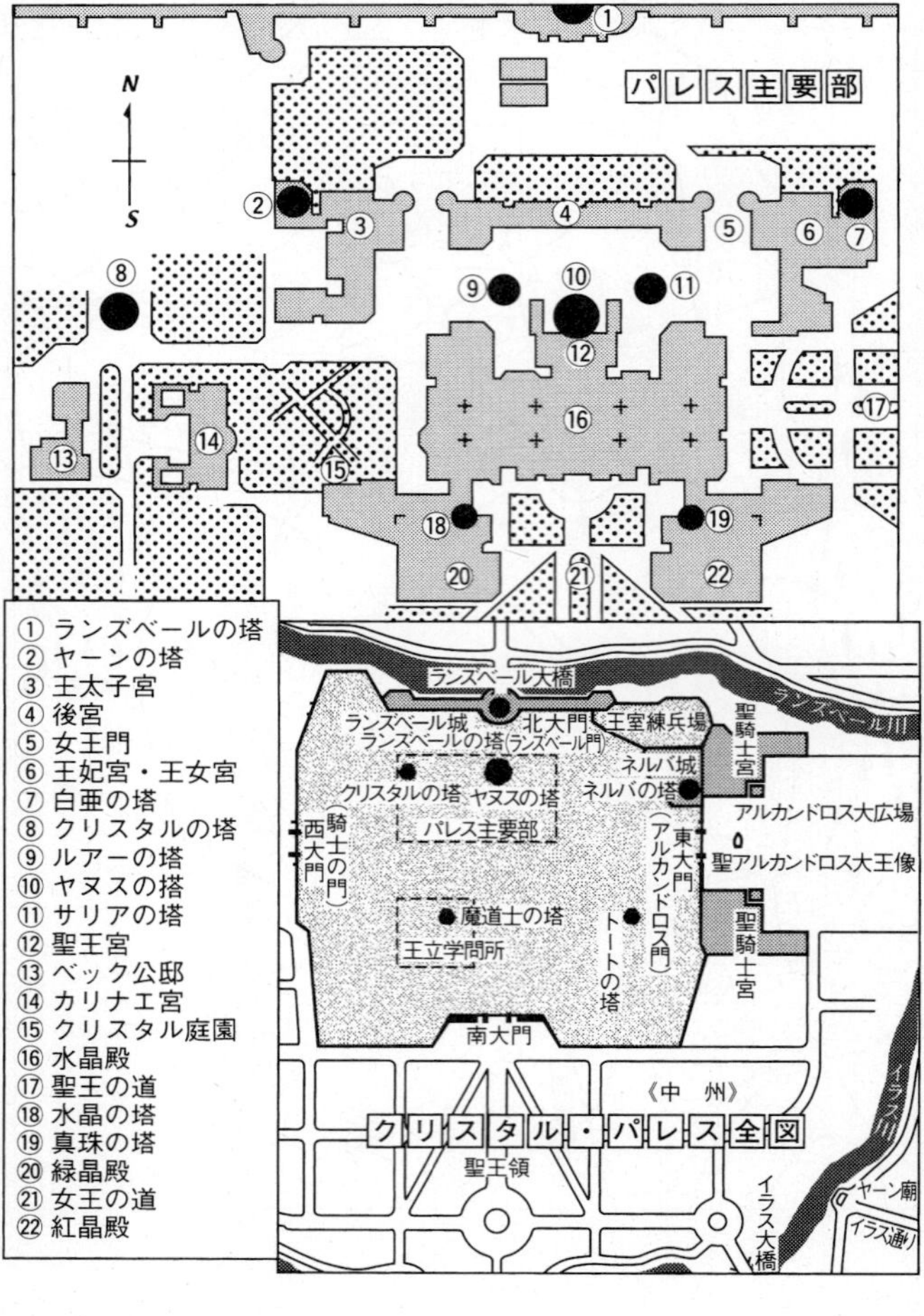
パレス主要部
N
S
① ランズベールの塔
② ヤーンの塔
③ 王太子宮
④ 後宮
⑤ 女王門
⑥ 王妃宮・王女宮
⑦ 白亜の塔
⑧ クリスタルの塔
⑨ ルアーの塔
⑩ ヤヌスの搭
⑪ サリアの塔
⑫ 聖王宮
⑬ ベック公邸
⑭ カリナエ宮
⑮ クリスタル庭園
⑯ 水晶殿
⑰ 聖王の道
⑱ 水晶の塔
⑲ 真珠の塔
⑳ 緑晶殿
㉑ 女王の道
㉒ 紅晶殿
ランズベール大橋
ランズベール川
ランズベール城
ランズベールの塔
北大門（ランズベール門）
王室練兵場
聖騎士宮
ネルバ城
ネルバの塔
クリスタルの塔
ヤヌスの塔
パレス主要部
アルカンドロス大広場
聖アルカンドロス大王像
西大門（騎士の門）
東大門（アルカンドロス門）
魔道士の塔
王立学問所
トートの塔
聖騎士宮
南大門
《中　州》
クリスタル・パレス全図
聖王領
イラス大橋
イラス川
ヤーン廟
イラス通り

ランドックの刻印

登場人物

グイン……………………ケイロニア王
マリウス…………………吟遊詩人
ブラン……………………カメロンの部下
ハゾス……………………ケイロニアの宰相。ランゴバルド選帝侯
ディモス…………………ケイロニアのワルスタット選帝侯
トール……………………ケイロニア黒竜騎士団将軍。グインの副官
ゼノン……………………ケイロニアの金犬将軍
ヨナ………………………パロ王立学問所の主任教授兼王室相談役
ヴァレリウス……………パロ宰相。上級魔道師
リンダ……………………パロ聖女王

第一話　ヴァレリウスの逡巡

1

「ここに、いたのね、グイン」

リンダが、今朝は、やはり黒のドレスをまとってはいたけれども、その上から、うすいさわやかなうす青のストールをかけて、朝露にぬれた庭園の花々のあいだをやってくるのを、グインは、ゆっくりとふりかえって見守った。

それは、ロザリア庭園のなかであった。このあたりも、内乱で手酷いいたでをうけた場所であったが、もうすっかりそのいたでは取り戻され、整えられて、青いロザリアを中心とした、色とりどりの花々が咲き乱れ、そしてそのあいだに美しい白い彫像や柱が優美に立ち並んでいた。リンダはそのロザリアの色にあわせてそうしようと思ったわけではなかったが、そのうす青いストールの色は、あたりに咲き乱れるロザリアのあざやかな青と、とてもよくうつりあって、リンダ自身をも大きな一輪の花のように見せていた。

グイン一行が、パロ、クリスタル・パレスに到着してから、すでに半月以上の日々が、平穏に流れ去っていた。この日々はことに平穏無事な日々であった——というより、そうなるしかなかった。グインはからだを回復させ、記憶を取り戻すことに全力をあげていたし、そろそろ左腕の機能回復のための訓練も開始していた。それでグイン自身の毎日は、それなりにかなり忙しかったが、ほかのものたちにとっては、静かなおだやかな日々であった。もっとも、もともとのパロの宮廷のものたちにとっては、それほど静かでもなければ、こともなく、とも云えなかったのは、当然であった。パロ政府そのものが、いま、あわただしい復興がまだとうてい終わったとはいえぬ、多忙きわまりない時期にあったからである。

だが、パロ政府がそのような状態であることが、かえって幸いしたともいえた。そうでなかったら、もっと、賓客を迎えての宴会だの、舞踏会だのが企画されることにもなっただろう。だが、いま現在のパロはとうてい、そうした華やかな舞踏会などを催せるような財力は持たなかったので、客たち——マリウスも含めてだが——は、そっとしておいてもらえた。それは、フロリー母子にとっても、いずれおりをみてパロを出てゆき、今度こそスカール太子とめぐりあうための旅に戻るきっかけを探しているリギアにとっても、そしてマリウスにとっても、とても有難いことではあった。マリウスにはまったく公式の用がないというわけにはゆかなかったが、パロ政府はまだ、マリウスを——というかアル・ディーン王子をどのように処遇するか、最終決定をひきのばしていたので、その帰国はあまり公けにはされなかったし、公的な任務も与えられはしなかった。ヴァレリウス宰相はひと月くらい、とその期限をきって、その間に最終結論を出さなくては、と考えていた。

そんなわけでマリウスも比較的のんびりと「疲労からの休養」のためと称して、王子宮でひっそり過ごしていたし、リギアのほうは、もっと勝手気儘にかつての同僚たちや知人たち、はては昔の友人などにも会いに行ったりしながら、のんびりと過ごしていた。そしてフロリーとスーティのほうは、これはもう、ただこうして静かに過ごす安全な安楽な場所があてがわれただけでも、夢のようであった。

「あなたが、こちらの庭園で足ならしの散歩をしているからときいて、こちらに来てみたのよ、グイン」

リンダは、これは間違いなくきわめて多忙であったので、そうそう足しげくグインを見舞うというわけにもゆかなかった。それゆえ、もしかしたら一番そのことにじれったがっていたのは、リンダ自身であったかもしれない。

「しばらく、なんだかんだとあまりに忙しくて、晩餐を一緒にすることさえ出来なかったから、回復の具合を気にしていたの。傷の具合は、どうなの、グイン」

「ああ、おかげで、ずいぶんと順調なようだ」

グインは、左腕をそっと右手で押さえて見せた。もう、その左腕は、三角巾でつってもおらず、ただ、肩から腕にかけて分厚い包帯が巻かれているだけだったが、その包帯も、ひところに比べれば、よほど小さくなっていた。

「パロの医師団の能力は素晴しい。手術のあとはとてもきれいに癒着したそうだ。だいぶ、左腕の訓練も進んできたが、もう、そんなに、急に激しく動かしたりしなければ、ひどく痛むこともない」

「そうなの、よかったわ。それにあなたはもともと誰よりも体力があるんですもの、グイン」

リンダはスニと、当直の女官をひきつれていた。グインのほうは、庭園の入口にガウスと、そして親衛隊の《竜の歯部隊》の一個小隊が護衛のために待っていたが、マントもつけぬ軽装であった。

「それに、なんとなく前よりずっと元気そうになってきたわ」

「ああ。じっとしているとからだがなまって回復が遅れるとガルシウス博士がいうので、なるべく、散歩するようにしている。本当なら馬に乗ったり、軽い機能回復訓練だけではなく、そろそろ剣を使ったりして訓練してみてもいいのではないかと思うが、あまり無理をするなと云われるのでな。なるべくなまらないように、歩き回っている」

「歩き回る場所なら、クリスタル・パレスはいくらでもあると思うわ」

リンダは笑った。

「そうして、あの——もうひとつのほうは……記憶のほうは、どうなのかしら。ヨナにきいても、あまりはかばかしく教えてくれないのだけれども……そちらも治療を続けているのでしょう、グイン」

「ああ、ヨナ博士も毎日通ってきてくれている。けさもすでにひととおり診療は受けた」

グインはちょっと肩をすくめた。

「こちらのほうは残念ながら、なかなか思わしくはないようだな。というより、治療の決め手がない。ヨナ博士も、もうそろそろ、これは、思いきった手を打たなくてはいけないかもしれない、と云っておられた」

「思いきった手……」

「ああ。ヨナどのは以前から、俺の記憶回復のためには、俺が記憶を失ったそのときの状態に戻すのが一番いいと主張していたのだが、医師団のなかでも意見がわかれていて、それはさらにいまの記憶をもなくしてしまうのではないか、と心配するものもいるので、まだそれは実行していなかったのだ。ヨナどのは、俺が、《古代機械》のあった場所を訪れることを、提案している」

「ああ」

リンダはちょっと身をふるわせて、手をくみあわせた。

「そうね。ヨナからきいたわ」

「だが、それは、パロの国にとってはきわめて重大な国家機密だというので、そのような重大なものを、たかだか俺の記憶を取り戻す、という、きわめて個人的な用件のために動かしてもよいものかどうか、俺はちょっと気にしているところだ。それでは、あまりにも、パロに大きな負担を要求しすぎるのではないかと思う」

「とんでもないわ！」

リンダは驚いて叫んだ。

「そもそもグインが記憶を失ったのはパロを救うためにその古代機械を動かしたためなのよ。だったら、その古代機械を使ってもしグインの記憶が戻るものならば、むしろ当然じゃないの。どうして、もっと早くそうしないのか、それが私には不思議だわ。ヴァレリウスは何を考えているのでしょう」

「それについてはいろいろともう彼とも何回も話をした」

グインは云った。

「ヴァレリウスは――ヨナもだが、ひとつのことを非常に心配している。もっとも、俺の記憶が戻るのならば、そのくらいの犠牲ははらうのが当然だと云ってくれたのだが、俺のほうで考えてしまっている。その懸念というのはつまり――古代機械が存在する、ということが、パロ、という国が沢山の近隣諸国、またあやしげな魔道師ども、ことに黒魔道師どもにつけ狙われるひとつの原因であった、ということだ。その古代機械はどうやら俺が命令して、永遠に眠りにつかせたらしいとヴァレリウスはいう。だから――
――」

（陛下のことを、古代機械は《マスター》と呼び、つまり陛下をナリス陛下の次の、古代機械の正当な管理者、支配権をもつ者、として認めたことは確かです）

ヨナと、ヴァレリウスとともにそれについて話し合っていたときの、かれらのことばを、グインは思い出していた。

（その古代機械の停止したのもまた、陛下の御命令であったとあるからは、その停止状態をとくことが出来るのもむろん陛下おひとかたです。陛下が古代機械の内部に入られ、『動け』と命じられれば、またおそらく古代機械は復活すると思われます。――しかし、それは……）

（つまりは、また、パロに以前の状態、つまり野望ある近隣諸国や、黒魔道師どもをひんぴんと招き寄せる、という結果を生むかもしれません。そのさい、私どもが心配しているのは、現在のパロには、まったく、自国を防衛するだけの軍事力さえもない、ということです――お恥ずかしい限りですが、もともとパロは決して尚武の国家とも、きわめて強大な軍事力をもつ国家とも云われません。むしろ文明と高い教育と、そして伝統ある文化を輸出することで独自の地位をしめてきた、文化国家ですから）

（そしてあいつぐ内戦で、経済力も、人材も、軍事力もほぼなくなったにひとしいところからようやく復興しつつある状態ですから、もしここになんらかの敵を受けるようなことになれば、パロはあっけなく崩壊しましょうし……）

「かれらのことばを思い出すと、なかなか俺も、強引に、その実験をしてみてくれ、と言い出すことも出来ぬ」

グインは笑った。

「それに、リンダ。俺はこうして、ここで体の回復のための訓練をしながら、ずいぶんと平和な日々を過ごさせてもらっているあいだに、いろいろなことを考えた。——俺が、記憶を取り戻すなどということは、そんなにも重大なことなのだろうか、というようにも、最近、少し、考えはじめているのだ」

「まあ」

「それは確かに、記憶を失ったまま生きてゆくのはとても辛いことだ。だが、幸いにして、左腕のほうはこうして順調に回復しており、それだけでも——奇禍にあい、ずっと寝たきりの生活になられたというナリス陛下のお身の上などに引き比べたら、どんなにか俺は幸運だったと云わねばならぬ。それにひきかえて、記憶のほうは、なければないで、いろいろと不便もあるし辛くもあるが、どうしてもそれがなくては生きてゆかれぬ、というものでもない――まして、俺のように、記憶をいったん失ってからかなりのあいだ、もうそれなりにいろいろとやってきた者からしてみればな。それに、話をきけば、俺はリンダたちの前にあらわれたとき、すでに記憶を失っていたときく。ということは、もし万一、その時点に戻れたとしても、やっぱり俺はその以前の記憶を持っておらぬ、ということになるわけだ。――あるいは古代機械のおかげで、本当に《それ以前》の記憶を取り戻したとしたら、それとひきかえに、いま現在持っている記憶を失うことになるのだとしたら――そのようなことを考えると、俺は、どうしても……」

グインは珍しくちょっと口ごもった。

「どうしても、記憶を強引にすべて取り戻さなくてはならぬ、とはだんだんに思われなくなってきた。むしろ、俺は非常なためらいと気後れを感じている。俺が記憶をすべて取り戻すと、いったい俺はどのようなことになるのだろうか。それを考えると……」

「まあ――でも、そんなこと――以前の記憶を取り戻したからといって、いまの記憶を失うとは限らないのだし、それに――」

「それに、俺は、俺の失われた記憶を、恐れているのかもしれぬ、と前にいっただろう」

グインは云った。リンダはちょっと身をふるわせた。

「ええ……でも」

「それはもしかしたら、俺のようなすがたかたちをしているのが当り前の、不思議な種族が暮らしている、ここととはまったく違う世界の記憶であるかもしれぬのだ。——もしそうであった場合、俺は——今度こそ本当に、ふるさとをも、出自をもたずねるすべを失ってしまうか、あるいは、それよりもっと恐しい、その出自というのが、知るよりは知らないほうがずっとましだったようなものであることを知ることになるのかもしれぬ。——そう思うと……」

グインはちょっと肩をすくめた。

「俺はどうも、古代機械のとびらを開くことをためらってしまうのだ。まあ、まだ、日時はある——それに、いまのところ、とにかくからだの回復につとめなくてはならぬ、というのを口実にして、俺はついぐずぐずと、日を過ごしてしまっているのだが——このままではどうしようもないことは、わかっているのだがな。ただ、まあ……」

「私たちは、あなたがいつまで滞在してくださったってちっともかまわない、むしろ私などはとても心丈夫で嬉しいことだけれど」

ちょっと眉を曇らせて、リンダは云った。

「あなたのほうでは、そうはゆかないだろう、ということもわかるわ。それに、あなたをひたすら待っている、お国のほうの問題というのもあるのでしょうし」

「それもある」

グインはうっそりと云った。

「だが、それについてこそ、俺としては、記憶を取り戻すことなしには、帰国したところで、いっそう混迷がつのるばかりだと思うのでな。——ここは静かで、おだやかで、美しい。出来ることなら、ここでずっと何も案ずることなく過ごしていたい、とさえ思う。スーティもいるし——あなたもいる。だが、それは、きっと、許されぬことなのだろうな。俺はなんといっても、この国の人間ではない」

「でもこの国を助けてくれた、救い主だわ」

リンダは両手を打ち合わせて叫んだ。

「もしあなたさえよければ、そうして下さったって、私は、何も——いえ、むしろそうしてくれたほうが……」

「そうもゆくまい。俺はただの客——というより、いろいろとはた迷惑な難問を運んできてしまった客にすぎぬ。本当は俺はパロに来るべきではなかったのかもしれんのだが」

「どうして、そんなことを。そんなことがあるわけがないでしょう。そんなことを二度と云わないで、グイン。私たちパロの民は、あなたが失踪したことにずっと責任を感じていたのよ。そのあなたがここに戻ってくることに、何の不思議があって——え」

「女王陛下」

ロザリアの庭園の、美しい花々の中を小走りにやってきた小姓が、ひざまづいた。

「宰相、ヴァレリウス閣下がいそぎ女王陛下と、グイン陛下とにお知らせのためのお目通りをとおいでになっておられます」

「ヴァレリウスが？　忙しい彼自らがこんなところまでくるのだから、よほどの重大なことね。いいわ、すぐに通るようにお伝えなさい」

「かしこまりました」

「私はいつだって、あなたがずっと居心地よく楽しく逗留してさえ下されば……」

リンダが言いかけたとき、青い美しいロザリアの花々のあいだを、黒い影のような不吉なすがたがふわりとぬってきて、二人の前にひざまづいた。

「ヴァレリウスでございます。おくつろぎのところに、火急のお知らせで申し訳ございませぬ」

「あなたが直接やってくるのだからよほどのことでしょう。何なの」

「はい」

ヴァレリウスは黒いフードにつつまれたこうべをゆっくりとあげて、グインの巨大なすがたと、それによりそうあでやかな薄青の花のようなリンダのすがたを見比べた。

「たったいま、早飛脚による知らせが参りました。女王陛下及び、グイン陛下にもご相談の上、グイン陛下のお行方が知れ、パロ宮廷及びパロ政府、そしてクリスタル駐留の《竜の歯部隊》親衛隊が陛下をお迎えしてクリスタル・パレスにおとどまりいただいたことを、ケイロニア宮廷に対し、書状と使者をたてて御報告申し上げておりましたが、このほどケイロニア宮廷では、一刻も早いご帰国を願わしいということで、ただちにグイン陛下お迎えの一隊が仕立てられ、サイロンを発ったとの知らせでございます。――お迎えの軍勢は総勢二千、ひきいるのはケイロニア宰相ランゴバルド侯ハゾスどのおんみずからだそうにございます」

「………」

きくなり、グインは、一瞬、押し黙った。

「ずいぶんと、早い対応だったな」

それから、ゆっくりと云ったが、かみしめるようなそのことばにも充分に、グインの感じた一瞬の動揺がひそめられていた。

「はい。間髪を入れずといいたいほどの素早さで、報告をうけるなりただちにとるものもとりあえずサイロンを発たれた御様子、よほど、陛下のご帰国を心待ちにされておられた、ということでございましょうかと」

「そうか……」

「でも、グインは……」

リンダは、思わず、受けた衝撃を隠すことさえ忘れて叫んだ。

「まだまだ怪我の治療中の身よ。それに、まだ記憶の障害のほうはまったく目鼻もついていない状態だわ。いま、また長旅になど発ったら、グインは」

「タイスからパロまで、長旅をこれだけの重傷を負われたままなされた陛下のことでございますし」

ヴァレリウスはいささか苦笑ぎみに云った。

「記憶障害についてはともかく、ケイロニア宮廷にしてみれば、ケイロニアにも医師団はいる、といいたいところでございましょうし。ケイロニア皇室としては、とにかく一日も早い王陛下のご帰国を帝臣民ともども心待ちにしている、というのはまことに当然でございますし――陛下のお留守はもう、ケイロニアにしてみれば、ご失踪になるより前、パロ内乱に援軍を出されて以来となるわけでございますから――王陛下がケイロニアで果たしておられる役割のことを考えれば、それはもう、アキレウス大帝も、また重臣諸卿も、この上一日とても猶予はならぬ、というお気持でおられるのもごもっともかとは存じますが……」

「こんなに早く」

リンダは云った。そして、手で口をおさえた。

「まだ、そうよ……ひと月もたっていないわ。グインがクリスタルにきてから、たった半月ほどしかたっていないじゃないの。それだのにもう――もういってしまうの……」

「女王陛下、お気持はわかりますが」

ヴァレリウスはフードを傾けて、リンダを見上げた。

「こう申しては何でございますが、グイン陛下よりもさらに重大な問題がいくつかございます。つまりは、アル・ディーン殿下の処遇でございますとか――また、たいへんなさけない話でございますが、二千人のケイロニアの軍勢をお迎えして、しかるべく、その――いまのパロの財政状態では、その客人を迎えてしかるべくもてなすことはたいへんな――」

「そうよね」

リンダは深い吐息をついた。

「パロは本当に、とても貧乏な国になってしまったのね。私のドレスを作るのをやめたり、舞踏会を当分禁止したりするくらいではとうてい追いつきそうもないわ。このいたでを回復するには何年もの豊作が必要だろうと、大臣たちが云っていたばかりだったですしね。――でも、なんとかするほかはないわ。またギルド長たちにも相談しなくてはならないし、またマール公にも力を貸して貰うほかはない。なんとかパロの威容をととのえてお迎えしなくてはならないわ。ランゴバルド侯はケイロニアの重臣中の重臣、宰相でおられるのですものね。あまり粗末なお出迎えをしてはパロの体面にかかわるわ―

—ばかなことを、あなたの前でこんな話をしてしまってごめんなさいね、グイン」

リンダはなさけなさそうに首をふった。

「でももう、私たちは、そんなふうに、体面を取りつくろったり、虚栄心を持っていることさえ出来なくなってしまったの。私たちは、いくさに破れたのではなく、いくさには勝ったのだけれど、そのことでとても辛い思いをしながら頑張っているのですもの。見栄を張るつもりなど少しもないし、見栄などもう張ることも出来ないわ。でも、少しづつ、少しづつ復興しようとしているいまのパロにとっては、どんな突発事態もとてもたいへんないたでなの。——でも、おお、そんなことはまだあとでもよかったわ。それよりも、マリウスのことね」

「それについて、一番早急にパロ側の態度と意見とを決めなくてはならぬかと存じます。——ただちに、会議を招集いたしまして」

「きょうの昼一番の予定をかえて、そこに入れることにしましょう」

リンダは当直の女官をふりかえった。

「急いで、そのだんどりをして。昼食は何だったら会議をしながらでもいいわ。とにかく、いろいろと対応の準備にとりかからなくては。受け入れの準備にもね。——でも、そうよ。ケイロニアからはるばる大軍勢でおいでになるのですもの、そうそう早くはお着きにはなれないわ」

そのことにせめてもの慰めを見出したというかのように、リンダはつぶやいた。

「少なくとも、あと十日はかかるでしょう。パロ国境をこえるのに六、七日、そしてそれからだって二、三日は。——そのあいだは、まだ、グインと一緒にいられるわ。それに、いろいろな準備におおわらわになるだけの猶予もあるわ。おお、たいへん、急がなくては」

「……………」

グインはなんとも複雑なようすで、そのリンダのことばを聞いていた。

ヴァレリウスとリンダは思わず目を見交わした。この知らせを、グインが、必ずしも諒としてはいないのだ、ということは、何回もグインとことばをかわし、いろいろなことを語り合ったかれらにはよくわかっていた。グインは、おのれの記憶がすべて戻っていない状態で、ケイロニアに戻ることを、恐れてさえいることは、はっきりしていたのだ。だが、もう、そのように云っていることは許されない。

「ごめんなさいね、グイン、私はそろそろ、あちらに戻らなくては」

リンダが云った。グインは何かおのれの物思いにふけってしまっていたが、ようやく呼び覚まされたかのようにゆっくりと顔をあげ、そちらをむいた。

「ああ。はからずも会えて嬉しかった」

「なるべく早くにまた、晩餐会などという大袈裟なものではなく、グインと出来れば二人で、そうでなくともなるべく少人数で食事くらいしたいわ」

リンダは云った。そして、女官にせきたてられるままに、きぬずれの音をたてながら、ロザリアの庭園を横切っていった。

「こんなに早くお迎えが来られるとは、私どもも予想のほかでございました」

それを見送って、ヴァレリウスは云った。

「陛下のご記憶障害の治療のだんどりにつきましても、もうちょっと急ぐよう、ヨナに云わなくては。極力、ご記憶が戻った状態で、ケイロニアにお帰りいただきとうございますし」

「——ああ」

まるで違うことを考えているかのようにグインは云った。その目は、奇妙な懸念と不安をたたえて、ロザリアの花々の向こうを見透かそうとしているかのようだった。

2

「グイン、寝ているの？」

その夕方、風のよくとおる窓をあけはなして、寝台で、訓練疲れのからだを休めていたグインのもとに、案内もこわずにそっと入ってきたのは、マリウスであった。

「いや。ちょっと休んでいただけだ。どうした」

「どうしたって、聞いたよ。ケイロニアから、お迎えがくるんだって？」

「ああ、そのようだな」

「ずいぶん早い動きだな。それほど、ケイロニアのほうは、ケイロニア王陛下の不在で困っていたんだろうけれど……でも、どうするの、グイン」

「どうするとは」

「戻るつもりなの？　ケイロニアに」

「ああ」

いくぶん重たい、だが、冷静ないらえがかえってきた。

「仕方ないだろう。ここでまた、ケイロニアの迎えの軍勢からこっそりと逃げ出すというわけにもゆくまい。俺は一度、そのようにしてケイロニアの迎えの軍から逃げたが、もう、二度とは同じことは出来ぬだろう。俺はサイロンに《帰る》ことになるのだろうな。まだ、帰る、といってみたところで、ケイロニアのことも何も思い出せぬままだが」

「でも、ほかの記憶のほうはどうなの。ちょっとは、戻ってきているの」

「あいかわらず何の変わりもない。ただ、リンダ女王については、お前と同じ程度には、『以前知っていた人間だ』という感じをもつことは出来たが、そのくらいだ。あとは何の変化もない」

「どうしてなんだろうね……」

一瞬、目の前に迫っている出来事も忘れて、マリウスは考えこんだ。

「どうして、何も思い出せなくなんて、なってしまうんだろう。――なんだか、ほんのちょっとしたきっかけひとつで、いきなり何もかも思い出せるのじゃあないか、っていう気がしてならないんだけれどもな」

「俺もそうは思うが、しかしそういうことはまったくこれまでは起こらなかったのだ。お前に会っても、リンダに会ってもな。だから、それを根拠もなくあてにしているわけにもゆくまい」

「でも、ケイロニアに戻って、どうするつもりなの」

「どうもこうもない。おのれの果たさねばならぬ責任を果たすだけのことだ」

「責任……」

マリウスは、そのことばをきくと、ちょっと黙りこんでいた。

それから、のろのろと、口を開いた。

「グインはそう思うんだな。——でもあんなにいろいろ迷ったり、不安に思っていたりしたのは、どうなるの。その不安がすっかり消えたわけじゃないでしょう」

「それどころか、パロにきても記憶の障害が直らなかったということで、もっと俺のほうは、絶望的な気分にはなっているさ」

グインは答えた。

「だがこの期に及んでもう四の五のいってもしかたがあるまい。運命の神ヤーンがこのようにおぼしめしたのであれば、そのとおりになるだけの話だ。まあ、なんとかなるだろう。ここにきてから、お前だけではなく、ヨナどのにもヴァレリウスにも、またリンダにも、実にいろいろな話を聞かせて貰ったし。あまりにいろいろ聞いたのですっかり混乱してしまって、何がどうだったのか本当はよけいわからなくなったような気もするが、しかし、一応なんとなく知識だけは、俺がこのしばらくどのような軌跡をたどってきたのか、多少は知ることが出来た。たぶん、実際に体験しているのでないとまったくわからないことや、誰も知らないこと、俺だけしか知らぬことなども多々あるのだろうが、そんなことはもう云っていてもしかたがない。また、直っていないものを直っていると言い張るわけにもゆかぬ。俺は、ケイロニアにいっても、率直にいまのおのれの状態について告げるつもりだ。たとえそのために、《竜の歯部隊》同様、ケイロニアのひとびとを悲しませたり、がっかりさせたりすることになるとしてもな。こんな重大なことで嘘はつけん」

「そうなんだ……」

また、マリウスは考えこんだ。

だが、それから、思いきったように口を開いた。

「ねえ、グイン。ぼくはどうしたらいいんだろう。ぼくはどうしたらいいと思う」

「……………」

「といわれても、グインだって困るかもしれないけれど――でもぼくはグインにとっては一応、いまのところでは義理の兄弟でもあるわけだし、そうである以上、ぼくのかかえこんでいる問題はグインにとってだって、まったく関係がないというわけじゃない。――というより、相談に乗って欲しいんだ。ぼくはどうしたらいいんだろう。どうすべきなんだろう」

「確かにそれは難しい問題だな。というより、きわめて難しい――無責任に答えてしま

って は、それこそ、世界情勢に激甚な影響を与えてしまいそうなくらい難しい問題だ」

グインは慎重に答えた。

「あのヴァレリウスや、ほかのものたちがよってたかって鳩首会議してもわからぬような難問題を、記憶をなくしたままの俺が判断することなど、とうてい出来ようものでもないが——しかし、まあ、このようなことはいまさら云ってもしかたがないとはいうものの、お前は自らをずいぶんと困難な立場に追い込んでしまったものだ。自らだけではなく、お前にまつわる二つの大国を、二つとも困難な立場に追い込んでしまうような」

「そんなつもりじゃなかったんだ」

不平そうに、マリウスは云った。

「いつだって、ぼくはそんなつもりなんかあったわけもない。だけど運命のいたずらに翻弄され、気が付くとどうしても誰かを裏切ったり、恨まれたり、さもなければ自分自身がしたくもないことをしたり、したいことが出来なかったりして我慢しなくてはならないという結果になっている。でもグインなら信じてくれるだろう。決してぼくはみなを困らせたりしたかったわけじゃない」

「それは、確かにそうだろうと思う」

グインは認めた。

「お前は悪い人間ではないし、悪気というものは本当に持っておらぬと思う。ただ、困ったことに、悪気がなかったとて、悪い人間ではなかったからとて、それゆえひとに迷惑をかけぬ、というわけにはゆかぬことだな。それに、また、運命というものはときに、どうにもならぬような羽目にひとを陥らすが、どうあってもぶつかりあえばどちらかが傷つかなくてはならぬような仕儀というのも、これもまた、決してそうまれではない、ということだな」

「グインがいうのは、ケイロニアとパロのこと？　それとも、ぼく自身のことなの」

「そのすべてだ。さまざまな葛藤やあつれきは、つねに——べつだんお前がらみでなくともどこにでも存在しているし、だからといって、お前としては、自分を殺してパロの聖王家継承のために犠牲になることも、ケイロニアの皇帝家とおのが妻子のためにやりたいことも出来ぬ一生を送ることもいやだ、がえんじられぬというのだろう」

「それはそうだよ」

マリウスはちょっとためらいながら云った。

「ぼくだって、どんな血筋に生まれ、どんな運命のいたずらによってどういう妻子を持ったといえど、一個の人間であるには違いないんだ。ぼく自身の声やのぞみは、そうしたらどうなるんだ？　ぼくだけが、どうして、パロやケイロニアのために犠牲にならなくてはいけないんだ？」

「それはまあ、お前にしてみればそう思うのももっともだが——だが、ケイロニアとパロとはそれぞれにまた事情が違う。俺からみると、ケイロニアに関するかぎりは、必ずしも、お前の言い分に全面的に非があるとは思えない部分もあるのだが、パロに関する限りでは、いささかまたお前、という存在の占める重みが違っているようにも思われるな」

「まわりくどい言い方をするね」

マリウスは眉をしかめた。

「それは、つまり、ケイロニアを出奔し、妻子を置き去りにしてきたことはまだ許せるけれど、パロを出ていってしまうのは許されないことだろう、と云いたいわけなの？」

「というよりも――許す許さないは俺の決めることではない。俺がいうのはただ、重要性の問題だ。――ケイロニア皇室は、最終的には、お前という存在が消滅してもそれはそれでやってゆくのだろう。だが、パロ王家にとっては、いまとなってはお前が唯一の希望の綱のようだ、だから、それを蹴飛ばしてここを出てゆくというのは、きわめて難しいことだろう、と俺はいっているにすぎん。俺は、あまり、そういうどうしようもないような事柄を、倫理や道徳の見地から裁いてみようとは思わぬ」

「――それは、ぼくにしてみれば助かるけれど、その分、グインの見方というのは身もフタもないということなんだな」

マリウスは苦笑いをした。

「ということは——つまり、グインは、ケイロニア皇女の夫としてのぼくは最終的にはいなくなってもかまわないけれど、パロ王家の王子としてのぼくは決して見逃してもらえないだろう、といっているんだね？　そう思っているわけなんだね」

「それはそうだろう。ことに俺がヴァレリウス宰相から聞いた話などでは、いま現在、パロ聖王家はお前とリンダのただ二人しか残っていない。もしもお前がリンダとのあいだに子供を作れぬとしたら、三千年間続いたパロ聖王国は、ついに最大の存亡の危機を迎えることになるようだ。それはもう、お前個人の好みや生き方の問題ではないのではないのか？」

「それは、そうかもしれないけど、でもぼくはもともとはパロ聖王家の正当な血筋というわけじゃない——ただの傍系の、妾腹の王子にしかすぎないんだ」

マリウスはなおも抵抗した。

「聖王家の聖なる青い血を純粋に保とう、ということだったら、むしろ、ぼくみたいな、妾腹の血、それもヨウィスの民の血をひいてるといわれるような血を入れてしまうのは、すごくまずいのじゃないのかな。それによって、パロ聖王家の青い聖なる血は、ずいぶんとおとしめられたり、汚されたりしてしまうことになると思うよ」

「それは、だが、聖王家の決めることとなのだろう。窮すれば通ずとか、背に腹はかえられぬというからな。ほかに選択の余地があれば、むろん少しでも純粋な純血のあとつぎを選ぶのだろうが、ほかに選択の余地がないものであれば、妾腹であろうと、ヨウィスの民の血をひこうとやむをえぬ、ということではないのか」

「だけどリンダだって、ぼくと結婚するのなんかまっぴらごめんだと云っていたよ」

マリウスは不服そうに云った。

「ぼくだってイヤだけれど。とにかく、そんな政略結婚で子供が出来たところで――いまもう、このパロの国は弱りきっているんだから、それをそうやって無理矢理につなげていったところでどうなるものでもない。いっそ、このさい、リンダにはもっとずっと新しい、新鮮で元気な血を導入してもらって、パロ聖王家の血筋というのを、若返らせてしまうというのだってひとつの方法だろうと思う」

「とは、誰を」

「たとえば、だから、アドリアン聖騎士侯とかだね」

いささか無責任にマリウスは云った。

「あの可愛い坊やは、とてもリンダのことを愛しているそうだと聞いたし。みばだっていいし、勇敢だというし、そういう意味では、風来坊の上にもうすっかり汚れたからだになってしまっているぼくなんかより、よっぽどマシなんじゃないの？　とにかく、ぼくなんかをパロの王太子にしたりして、万一にもこのぼくがパロの王になってしまおうものなら、間違いなく、即刻――たぶん一年とはもたずにパロはつぶれるよ。それだけは確かだ」

「それは俺とてもそう思わないわけではないが」

グインは苦笑した。

「しかし、それを決めるのもまたパロ政府であって俺ではないし、また、お前自身でもなさそうだ。まあ、ともかく、ヴァレリウスが決してお前を見逃して国外に自由に退去させてくれることはありえない以上、お前も、多少は覚悟を決めてなりゆきに身をまかせていてはどうだ。本当にヤーンがそのようにしろしめすものであってみれば、お前は、なってみれば案外よい国王となって、ぶつぶつおのが境遇に文句をいいながら一生送ることになるかもしれぬし、また、逆に、ヤーンが本当にそうすべきでないと思えば、戴冠のきざはしの上からでもヤーンはお前を救い出してくだされよう。また、リンダ自身もお前との結婚を望まないとあれば、そのかたわらに残ってリンダの右腕としてパロをおさめるのに力を貸し与えているうちに、思いがけずリンダのむこがねが決まるとか、あるいは、思わぬところから救いの手がのびてこないものでもあるまい」

「それってつまり『なるようになるだろう、そのままにしておけ』といっているんだよね？　そういうこと？」

不平そうにマリウスは云った。

「でもなるようにしておいて、そして気が付いたらもうにっちもさっちもゆかなくなってしまった、なんていうことになってしまったら——今度の旅だって結局そうだったんだ。ぼくは、本当にもう二度とパロに戻るつもりはなかったんだから。それにね……それにやっぱり、どうしても、もう何回も出ていってしまっている風来坊じゃないか。パロの国民にも、クリスタル・パレスのものたちにも、ぼくはまったく信用がないと思うよ。いつまた出ていってしまうか、ふいと国を捨てていってしまうかわからぬ、風来坊の王子——かれらはそう思ってあきれ果てているだろう。ぼくだって、そう思う。ぼくを信用するなんて、愚かなことだよ。ぼく自身だって、守れもしない約束をさせられるのはまっぴらごめんだし——とにかく、もう、ぼくの一生は決まってしまったんだ。吟遊詩人として世界じゅうを渡り歩くよう、さだめられてしまったんだ。だから、これから急に方向転換して、帝王学なんてものをいくら学ばされたところでムダだよ。『ルーエ鳥は七回羽根の色が変わっても、最終的には、必ず殻からかえったときの羽根の色に戻る』っていうじゃないの。ぼくには、パロの帝王も摂政も大貴族もつとまらないよ。それだけはヤーンのどんな託宣より確かだ」

「それだけ心がはっきりしているのならば、俺のところに、どうしたらいいのだろうなどとたずねてくることは必要なかろう」

グインは重々しく云った。

「相談にのってほしいとはいうが、お前はもう、はっきりと気持を決めてしまって、それはゆるがないのだろう。だったら、それをもってなんとしてでもその意志を通そうとたたかうほかないのではないのか？」

「だって、ヴァレリウスは絶対にそんなの、認めないと思うよ！」

「それはそれだ。ヴァレリウスには彼の都合がある。それは当然、認めるわけはなかろうし、また、お前が単身でこのクリスタルから脱出していってしまったとしたら、お前は黒魔道師だの、どこかの国、あるいはどこかの悪党どもの手にでも落ちて、パロにもケイロニアにも大変な多大な迷惑をかける可能性、というものをつねに背負い込んで歩いてゆくことになるわけだ。お前が本当はどのような存在であるかを知られたら、お前は世界中の悪党のつけねらうところとなろうし、それはお前がいかに『どうなってもいい』と主張しようと、自分の身がどうされる危険をもかまわない、と誓言しようと、それだけではすまぬということになる。お前自身が殺されたり、人質にされるのはお前の勝手だとしても、お前を人質にして、それでなんらかの要求をつきつけてくるほうにとっては、またつきつけられるほうにとってもますます、放置しておくわけにはゆかぬのだからな」

「それはでもそんなことを考えるやつが悪いんだ」

マリウスはあくまでも抵抗した。

「悪い奴がいるかもしれない、なんてことを考えはじめたら、生きてはゆけないよ。だったらぼくは自分がどんな存在かなんてまったく知られるおそれのない遠い遠いはるかな国へ、それこそランダーギアだの、ハイナムだの、いまだかつてぼくでさえ足を踏み入れたことのないはるかな南方のまた南方や、キタイのそのまた向こうまでさすらっていって、二度と中原には帰ってくるまい。それだったらどうなの」

「お前が黒魔道師にとらわれ、キタイで長いあいだ幽閉されていて、それを俺が助け出した、ということは、お前が、自由国境の旅のあいだに俺に教えてくれたことだったぞ」

グインは指摘した。

「お前はこれまでもずいぶん、危い橋を渡っているようではないか。だがいまパロもケイロニアも、そのような危い橋をお前に渡られてはとても困る——ことにパロはそんな余力はまったくないようだ。どうあっても、自分のやりたいように生きたいというのだったら、それは俺にはとめることは出来ぬが、せめて、パロがもうちょっとだけ復興して、そしてリンダ女王が誰かと再婚するのを見届けて、これでよしとなるまでは協力してやって、それからにしてはどうだ？　それなら、俺も、なんとか、どちらにせよマリウスにはサイロンに妻子もあることだし、リンダと互いに恋しあっているということでもないのだから、もう当面聖王家とパロが安泰となるまでは、決して出てゆこうとしない、ということと、そのかわりリンダとの縁組という考えは、決してすすめようとしな

ア、ならば力づくでひきとめる、ということになるしかなくなってしまうだろう」
も、それは知ったことではない、という態度になるとすると、それは、パロもケイロニ
よいぞ。だが、やりたいようにはするし、それでパロにもケイロニアにも迷惑はかける
い、ということを互いの条件にして、ヴァレリウスに、いろいろと口添えしてやっても

「………」

マリウスは反抗的に目を輝かせたまま、むっつりと黙り込んでしまった。確かに、その上、どう反論してよいか、マリウスにもわからなかったのだ。

「俺にいえるのは、最大限そのくらいだな。リンダとの縁組というのは、それは確かにある意味、双方の意志をあまりに無視した、しきたりだの、血筋の継承だの、というものばかりを優先した非人間的な話だ、と俺も思わぬでもない。だが、あのうら若い未亡人、というよりもまだかよわい少女のように見える女王があれだけ、あの若い身空で献身的に祖国の復興に尽くしているのを、そのままに放置して出ていってしまうというのは、あまりにも、やはり、少なくとも身内の男子としては、残酷なことではないかな。ただ相談相手としていてやるだけでも、リンダにとってはどんなにか心強いだろう。とにかくいまのパロには人材が少なすぎる、とリンダもくりかえし云っていた。確かにそのようだ。だったら、『縁組については考えない』というのを条件に、当面パロの再興、復興のために力を尽くしてやったら、どんなにか感謝され、またパロ国民にも、さすが

ナリス公の弟、との賞賛をあびることになろうかと思うぞ。そうなれば、お前が、もうこれである程度役目をはたした、と信じることが出来たときに、そろそろこののちは自分の好きなように生きてゆきたい、と申し出ても、パロ国民も、またパロの女王も、今度は何の不快感もなくそれを受け入れてくれるのではないか？」

「そんなこといって、そんなふうにもうこれでいい、なんて認めてくれるときなんか、決してくるものか」

マリウスは反抗的に口をとがらせて云った。

「ここまでやればまたもっと、そうして何年もいろいろ手助けしていればこんどはもう、あなたがいなければやってゆけない、って――どんどんどん、責任が増えていってしまって、そして気が付いたらもっと――いまよりももっとがんじがらめになっているだけの話だよ。ぼくにはよくわかってるんだ。そうやって、気が付いたらもうすっかり年を取って、自由に諸国を放浪して歌ったり、女の子を愛したりして過ごすこともできなくなってしまっている！　白髪の、腰のまがった老人になってから、歌ったり踊ったりして諸国を放浪して、何になるんだ。ぼくは、いま、生きたいんだ。いま、愛と恋と放浪と、そして勝手気儘な風のように歌とともに生きてゆきたいんだ。若いときはもう二度とないんだから。そうして、いまそうしなければ、おそらく、もう二度と、ぼくの人生はぼく自身だけのものになんか、なりはしないんだから」

「………」

それをきくと、グインは、ちょっと吐息をもらした。

「どうしてもそのように思うのなら、ヴァレリウスに対して、あくまでもその主義主張を繰り返すほかはなかろうと、俺は思うがな」

いくぶん悲しそうにグインは云った。

「だが、どちらにせよ、お前はもう、ケイロニアにいる妻子、オクタヴィアという妻とマリニアという娘を捨て去ってはるかな流浪の旅に出ていってしまった身なのだろう。お前から、その妻を得るさいのこれまたずいぶんと数奇な物語について何回か聞かせてもらったが、そんなにも、運命の相手と信じた恋をして、そしてその運命の相手と結ばれて——それをもお前はためらいなく捨て去ってきたことになる。そうして、今度もし、パロの王子としてのおのれを捨ててしまうのだとしたら——なあ、マリウス」

「え」

「俺には不思議に思われてならぬのだよ。——俺とお前は不思議な運命によって、いまのところ義理の兄弟だ。もっとも、お前がオクタヴィア姫の夫であることを返上するなら、その義理のつながりもなくなってしまうわけだがな。そして、俺は——俺はおのれがどこで生まれ、どのように育ってきたのか、どうしてここにかくあるかもわからず、ひたすらそれを求めている。おのれのことがすべてわかるためなら、俺はどんなことでもするだろう——おそれおののきながらでもな。だが、お前は、すべて明らかなその出自をも、身のうちに流れる血も、本来のおのれをも、おのれ自身から捨て去ろうとしてやまぬ。それが、俺からみれば、なんとも勿体ないことに思われてならぬ。俺はこんなにも、おのれが本当はなにものであるのか知りたがって悪戦苦闘しているのに、お前は、おのれが本当はなにものであるのかを嫌い、いとうて、あらんかぎりそれを放り出して出奔しようと願ってやまぬ。そうして、誰も知らぬところにゆきたいと願っている。——いっそ、俺とお前との脳が交換できるものならばよかったのかもしれぬ。そうしたら、お前とても、『自分がなにものでもない、なにものであるかわからぬ』ことがどんなに不安で苦しく、恐しいと感じられるものであることかわかるだろう。——だからといってお前を説得できるとは思わぬが、世の中には、ずいぶんと、さまざまな人間の苦しみのかたちがあるものだなあと、俺にはつい思われてしまうのだよ、マリウス」

3

「ヴァレリウスさま」

黒い、あやしい不吉な鳥のようなすがたが、ふわっと暮れなずむ空中に立った。

「エルムでございます。――御報告に戻りました」

「ご苦労さん」

ヴァレリウスは宰相執務室のなかでせっせと仕事をしていた手をやすめた。そのまま、自分も、あらわれた黒い鳥と同じ黒いマントをなびかせて、素早く立ち上がる。

「どうだった」

「はい。くだんの騎士、現在の所在はイレーンのちょっと先、北イレーンの村でございました。が、むろん今夜の滞在がそことということで、明日にはまた、そこを出立いたしましょうかと」

「北イレーン」

ヴァレリウスは、壁にかかっている中原の大きな地図をふりむいた。指先でひょいと指し示すと、その地図の、自由国境地帯の、ユノの北、サンガラ山地の南のあたりがぼうっと青白く光を放った。そこに「イレーン」の飾り文字が見える。

「思ったよりゆっくりめに北上しているな」

「はい、おおせのとおりユノで何日か足止めさせましたし、また、当人もあまり急ごうという様子がございませんようで。ユノで、国境越えで手間をかけさせた上に、いったん、馬に薬をあたえて具合を悪くさせたので、替え馬を手にいれるためにまたさらに二日ほど手間取ることになりました。が、そのあとはヴァレリウスさまのお考えになったとおり、やはりクムには入らず、自由国境づたいにクムの西を通過して、ゴーラ領内を目指すものと思われます。おそらく、いまのままのルートで参れば、マイラス、ダーハンでゴーラ国境をこえ、そしてそのあとはガザ、ラウール、そしてイシュタールと北上して旅をおえるつもりかと思われます」

「まあ、そうだろうな」

ヴァレリウスはうなづいた。そして指をゆっくりと上に動かす。エルムのいったとおりの道すじで、青白い光が、地図の上を、上のほうにむかって自由国境地帯を上がっていった。さいごに、ぼっと赤くやや大きめの鬼火がともる。そこには小さな城のような絵が描かれ、「イシュタール」と書いてあった。その少し下にも、もうちょっと小さめ絵がいくつも描かれており、その下にそれぞれ都市や砦の名前が書いてある。

「誰か、特に——ゴーラからの斥候なり迎えなり——早めにゴーラに報告をもたらしそうなものと接触した痕跡はあるか」

「一切、ございませぬ。あくまでも、傭兵のみなりにまた戻り、一介の旅の傭兵のこしらえにて、イシュタールまでの旅を単身続けるようすでございます」

「そうか」

「いかが、いたしましょうか」

「まあ、待て」

ヴァレリウスは云った。

「ちょっと、待っていろ」

「かしこまりました」

エルムの姿がすうと、まるで壁に同化したように消える。

ヴァレリウスはそれを見送って、ぱちりと指を鳴らした。別の魔道師の黒いすがたが、ぬっとまた窓辺に浮かんだ。

「お呼びでございますか」

「ケイロニア国境方面の斥候に出ているのは誰だ」

「はい。——ローカスでございます」

「ローカスに、ここへつながせろ」

「かしこまりました」

黒いすがたがもやもやとなって消えると、こんどは、あまりはっきりしない、輪郭がたえずゆらいでいる映像のような黒いすがたが、窓の前の空間にゆっくりと浮かび上がってきた。それはあきらかに実体ではなく、どこかから送り込まれてきている幻影だった。

「ローカスでございます。——ヴァレリウスさま、お呼びでございましょうか」

「サイロンを出立した、ケイロニアの遠征部隊——ケイロニア王グイン陛下お迎えの部隊のようすはどうだ」

「はい。昨日御報告を申し上げましたとおり、昨日正午にサイロンを発った遠征部隊は騎馬九百騎、歩兵千百名の総数二千。総指揮をとっているのはケイロニア宰相ランゴバルド侯ハゾス。副官としまして黒竜騎士団団長トール将軍、金犬騎士団団長ゼノン将軍の両名がそれぞれの騎士団八百名づつを率いております。残る四百名は二百の輜重部隊、及びランゴバルド侯騎士団二百であります」

「宰相自らに、十二神将の筆頭たる黒竜将軍に金犬将軍の直属部隊か。なんたる大仰な騒ぎだ」

思わず、ヴァレリウスは口のなかでつぶやいた。

「だがまあ、無理もないといえば無理もないか。——今度、またケイロニア王を見失ったらそれこそ、ケイロニア皇帝家としては、現在ただひとりの、皇帝の家族のなかの男子を本当に失ってしまいかねないのだからな。マリウスのとんちきもいないのだから、もうあとはケイロニア皇帝家には、オクタヴィア皇女、シルヴィア皇女にマリニア皇女、残されているのは女子供だけなのだから」

「何か、おおせになりましたか」

ローカスが聞いた。ヴァレリウスは首をふった。

「いや、なんでもない。それで、ケイロニア軍はいま何処にいる。ケイロニア軍の進み具合について報告せよ」

「かしこまりました。このたびの遠征軍は、ケイロニア王グイン陛下お迎えの軍勢とあって軽装のこしらえにて、第三軍装ときわめて身軽、それもありまして、かなり早い速度で進んでおります。昨日正午にサイロンを出立いたしまして、すでに昨日午後、マルーナを経過し、マルーナより二十モータッドの南、イリナの村で昨夜は一泊いたしました。そののちけさ早く出立し、ひたすらケイロン古城をめざして道を急いでおります。おそらく本日じゅうにケイロン砦に入城してそこに宿泊し、そののちはおそらく一両日中にヤーラン、そののちワルスタット侯領に入り、ワルスタットないしワルド砦で一泊して、そののちシュクの手前で国境経過のため、いったん停止して手続き待ちになるものと思われます」

「ということは、イリナで一泊、ケイロンで今夜一泊――明日の夜はヤーラン、そのあとワルスタット、ゆければ国境のワルド砦」

ヴァレリウスは数えた。

「少なくとも、ワルスタットとワルドと双方で泊まったとしても、しあさってじゅうにはケイロニア国境に到着するということだな」

「は、ただワルド山地がございますので、シュク到着にはどうあれもう一日はかかると存じますが」

「シュクからクリスタルまで一日。ということは、最大限かかってあと五日、早ければあとまるまる四日のうちにはケイロニア軍はクリスタルに入る、と考えてよいわけだな」

「はい。よほどのことがなければ、ケイロニア国内にて、この行軍が大幅にさまたげられるということは考えられませぬ」

「だな。ご苦労、また偵察に戻れ」

「かしこまりました」

ローカスのすがたがもやもやと消えていった。

黒いあやしい魔道師の影が消え去ったあとの執務室に、だが、ヴァレリウスは、なおもあやしい黒いすがたのままうずくまって、ちょっと地図をにらみつけながら考えこんでいた。それから、ゆっくりと、宰相の執務テーブルの上の呼び鈴を鳴らした。

「お呼びでございましたか」

今度は、元気よく、お仕着せの当番の小姓が入ってくる。

「ヨナ博士はどこにおられる？」

「ヨナ博士を。お連れいたしますか」

「ああ、近くにおられるなら、ただちに宰相執務室までおこし願いたい、と」

「かしこまりました」

（常人ってやつは、不便だな）

ヴァレリウスは思わず、急いで出てゆく小姓のすがたを見送りながら小さくつぶやいた。最初のうちは、（俺は魔道師なのだ。魔道を使って何が悪い）とばかり、クリスタル・パレスのなかでも、《閉じた空間》を使って移動したり、身の回りを魔道師でかためたりしていたヴァレリウスだったが、しだいにクリスタル・パレスがおさまってくるにつれて、それもあまりに刺激的だし、わざとらしいかと、なるべく「一般人」の法則にも従うようにはしている。だが、いまだに、その時間のかかることと、手間のかかることにどうしても馴染めない。

（あと四日で、ケイロニアのお迎えの軍勢がクリスタル・パレスに入る。――猶予は最大限、四日ということだ）

(そしてまた——ブランのほうは、傭兵にすがたをかえて……このあと何もなければ、おそらく、あと七日はたたずにイシュタールに入るだろう……いや、あちらは単身だ。急げばあとものの四日でやはりイシュタールに到着しよう……)

(くそ。どちらにせよ、あと四日、か)

ヴァレリウスは、またちょっと指を鳴らした。

「お呼びで」

ぬっとあらわれた黒いフードとマントの姿は、一般人にはどれも見分けがつかぬが、魔道師たちどうしには、さすがによくわかる。それはさきほどの、エルムであった。

「これからまた、ブランの見張りに戻ってもらうが——」

ヴァレリウスは云った。

「はい」

「ただ、マイラスあたりまでのあいだで、何かちょっと騒ぎをおこして、街道で、もうちょっとブランの足をとめろ。——というか、ゴーラ国境を越させないなら、どこでどう足止めしてもかまわぬ。今夜の宿で、ブランの夕食にこっそり下剤でもまぜて、一日二日、宿で寝ていなくてはならぬようにしてやれ。もっとも、命に別状あるほどにひどくするんじゃないぞ」

「かしこまりました。ほかに御用は」

「いまのところない。あったらまた別の伝令をさしむける。ゆけ」

「はい。それでは」

エルムの声には何の感情のひびきも感じられない。そのまま、不吉なガーガーのような姿がまた消えた。

それから少しすると、丁重に執務室の扉がノックされた。

「王室相談役、ヨナ博士がおみえになりました」

「お通ししろ。それから、人払いを」

「かしこまりました」

小姓が一礼して下がってゆく。入ってきたヨナは、宰相代理を辞任し、いまは王立学問所の主任教授になっていたが、リンダ女王の要請で、相談役、というよくわからない役割を与えられて、王宮の出入り自由になっている。灰色のガウンに王立学問所の紋章を胸に大きくぬいとり、フードこそないが長いマントを肩からさげて、青白く痩せた顔に、生真面目な学究的な表情を浮かべていた。

「お呼びになりましたか」

「ああ、忙しいのに申し訳ない。ちょっと、相談したいことがあったので」

「お役にたてるならば。どのような」

「その前に、グイン陛下のほうの御加減は？　ご記憶を取り戻されそうな御様子はあるかな」

「ございません」

　ヨナはちょっと吐息をもらした。

「なかなか難航する——というよりも、やはり、これは何かよほど強烈な衝撃をあたえるか、何か思いきった手だてを考えなくては駄目かと思うのですが。しかし古代機械の現場にゆかれることは、どうも、グイン陛下がひどくしぶっておられて」

「しぶってとは、また、何故」

「なんでかわかりませんが、どうも内心では、ひどくその機械のことを恐れておられるようなのです。もし機械がグイン陛下をお迎えしてまた動き出すようなら、思い切って短距離の転送を受けてみられては、と申し上げたのですが、珍しく言を左右にしてお答えになりません。たぶん、また転送されて、それによっていま持っている記憶までもまた失ってしまってはということを恐れておられるのだと思いますが——どうもなんとなく、それだけでもなく、その機械そのものに近づくことをも恐れていられる、という印象を受けました」

「それは、しかし、グイン陛下にもあるまじき、という感じがするな」

　ヴァレリウスは考えこんだ。

「何故だろう。それに、考えてみれば、記憶を失っておられるからには、陛下には、古代機械についてのご記憶もおありではないはずだが――それで、なぜ、そんなにおそれておられるんだろう。何か、古代機械についての記憶だけが残っていたりするのだろうか」

「かもしれません。私の記憶にあるかぎりでは、陛下が、アモンもろともに転送される前には、陛下は古代機械をおそれたり、いまのように不安がられるそぶりなど、まったく見せておられなかったと思うのですが」

「何か、そのときと、記憶のありようが違うのかな。それで古代機械に入るのが怖い、と思っておられるのか」

「さあ――陛下は、それは意地でも、怖いとはおおせになりませんが、ただひたすら、いま持っている数少ない記憶をまた失ってしまうのはイヤだ、とおおせで――そういわれると、確かにそれもきわめてもっともなことですから、私としてもそれ以上どうあっても、とおすすめするわけにもゆきませんが――それ以外では、医者だの、薬だのがきくようなご容態でもありませんから、いまのところはお手上げという感じですが」

「ふむ……」

「陛下の御様子が、何か？」

「いや」

ヴァレリウスはちょっと唾を飲み込んだ。

「ケイロニアのお迎えの部隊があと五、六日のうちには、このクリスタルに入る。――そうなれば、いよいよ、パロ政府としては、アル・ディーン殿下――またの名ササイドン伯爵マリウスどのをどのように処遇するか、という問題に直面するのでね」

「ああ」

慎重にヨナは云った。

「そのことですか！」

「あちらもきわめて多忙なランゴバルド侯ハゾスどのが自らお迎えの使者に立たれているについては、むろんグイン陛下をどうあってもケイロニアに帰国願わねばという火急の事情もあるのだろうが、その一方では、当然《ササイドン伯爵》の件について、パロ側と協議しなくてはならぬ、ということもあると思う。到着されれば、まあ、時を経ずして、宰相会談になるだろうと思うのだよ」

「それは、なるでしょうね」

「こちらとしては、アル・ディーン殿下をもうどこにもいっていただくわけにはゆかない。少なくとも、女王陛下と結婚するしないはまた別問題として、どうあっても、残るもうおひとかただけの聖王家の血をひく王位継承権者――いまとなっては唯一だ――を、手放すわけにはゆかない、たとえ殿下がどのようにおぼしめされようとだな」

「それはそのとおりです」

「だが、もしケイロニアから、万一にも、ササイドン伯爵はケイロニア皇女の夫であり、マリニア姫のお父上である、ということで、正式に、返還要求がつきつけられてしまった場合には……それを拒否するだけの背景は、いまのパロにはないわけだ」

「まったくありませんね。武力も、財力も」

「といってササイドン伯爵を渡すわけにはゆかない。——というような」

ヴァレリウスはにがにがしげに肩をすくめた。

「まったくあのかたには泣かされる。そうでなくとも、グイン陛下がゴーラ帰国を認められてしまったあのゴーラの騎士のおかげで、パロは対ゴーラの面でもかなり危険な立場に立たされることになった。そこで今度はケイロニアだ——いまのパロには、また、こういってはあまりに情けないかもしれないが、宰相としても、あまりにも手にあまる問題ばかりで……」

「まあ、もっと楽観的な見方も出来なくはありませんよ」

ヨナは冷静に、力づけるように云った。

「ケイロニアにせよ、ササイドン伯爵については、いささか厄介払いの側面がなくはなかったような気がします。ヴァレリウスどのの斥候たる魔道師が集めてきた情報によっても、ササイドン伯爵なる人物は、必ずしもケイロニア宮廷でも歓迎されてはおらず、それゆえ、マリウスどのがかたちとしては離別、というような結果で妻子を残してケイロニア宮廷からはなれる結果になったことは、それほどきびしく追及されたり、連れ戻されたりすることにはならなかったのでしょう。まあ、ことに尚武の国であるケイロニアにあまり向いた人物とも思われませんし――といっては失礼にあたるかな。でも、いずれにせよ、ハゾス侯が必ずしも、マリウスどのを連れ戻す、ということをも任務にいれているかどうかは、私はおおいに疑わしいと思いますね。むしろ、もめる種がなくなってくれてもっけの幸い、くらいに考えてるかもしれない」

「それはその可能性もおおいにあるとは思うけれどもね。しかし、それこそ、実際にハゾス侯がきて会談になってみなくてはわからぬことだし、それに、それまでにこちらの態度というか原則だけは決めておかないわけにはゆかない」

「それはもちろんです」

「リンダ女王陛下のほうも内心では、アル・ディーン殿下と再婚というのはありえない、と考えておられるようだ。それについてはまあ、両者の意見が一致しているというわけだな。それだけ、べつだん嫌いあっているわけじゃあるまいが、気の進まないものを、唯一生き残っているいとこ同志なのだから、という理由でどうしても再婚させようとしたところで……」

考えただけでぞっとする、というようにヴァレリウスは首をふった。

「それこそ、ナリスさまの母上ラーナ大公妃殿下と、父君アルシス殿下の不幸な結婚生活の二の舞になってしまう。そんなことはいまのパロとして、出来ようはずもないししたくもない。しかしだな……」

「いまはむろんリンダさまはお若いしお元気です。しかし、人間の寿命などというものは、いつなんどき、どのような運命をたどらないとも限らないですしね」

ヨナはどきりとすることをずばりという。

「もしもリンダさまにもしものことがおありになったら、それこそパロは崩壊しますよ。そのときのためにも、結婚はさせなくてもいいから、せめて王太子として、ディーンさまに残っていていただかなくてはどうにもならない。そうでしょう」

「そういうことだな」

「だったら、話は早いでしょう。ケイロニアのほうの切迫度のほうが、我が国よりはずっと下ですよ。ケイロニアは実際にはササイドン伯爵は必要としていない。ただ、体面と、それからおそらくはオクタヴィア皇女のお気持やマリニア姫に父上がいなくては気の毒、というような、そういうことだけでしょう、問題は」

「ああ、たぶん」

「わかってくれますよ——ハゾス侯なら」

ヨナは慰めるように云った。

「ディーンさまにはとにかく、この当分、決して再婚話にはしないから、ともかくもいったん落ち着くまでクリスタルに居残っていてくれ、と哀願してみられては？　いくらなんでもそのような条理を尽くした哀願まで聞いていただけないかたでもありますまい」

「どうかな。私としてはあんまりそのへんはあてにしてないんだが。だがまあ、それしかないだろうな——いま、あのかたを力づくで幽閉したり、洗脳しようとしたりすると、ますますかたくなになって、パロに居残るのを拒まれてしまいそうだ。くそ、なんて面倒なことだろう」

「それは確かにそう思いますが——でも、まあ、仕方ありませんよ。ひとそれぞれに、いろいろな考えはあるものですから」

「まあねえ。——しかし、いま、あなたを呼んだのは、本当はそのことだけでもないんだ」

「と、申されますと」

「相談したいことがあった」

ヴァレリウスは両手を組み合わせた。

ちょっとまんなかを上にむかってあけるように、印を結ぶかたちに手をそろえ、そして、その上に顔をふせるようにして、なにやらルーンの語句を唱える。さらに手を組み替え、何回かそうしているうちに、そのヴァレリウスの手と手のあいだに小さなまるい、空気で作った球のようなものがうかびあがってくるようにみえた。

その球のなかだけ空気の濃度も、また、ものの大きさもまったく違っているように見える。そのなかに、ゆるやかに、緑色のものがうつし出されはじめ、それはやがて、どこかの山々のあいだを抜けてゆく街道のような景色になった。

その景色は、そのヴァレリウスが作り出した目に見えぬ球のなかにとじこめられ、写し出されているどこか遠い、ここでないところの光景、というように見えた。ヨナはべつだん驚くようすもなく、じっとそれを見つめている。

ヴァレリウスはさらに繊細な指先を動かし、ルーンの聖なる印を結びつづけた。さらに、その球のなかに浮かぶ情景が、鮮明さを増した。

「ここは?」

ヨナが、ヴァレリウスがいったんその施術を終わった、とみて、邪魔をせぬように低い声をかけてくる。

「北イレーンの街道筋だな。上級魔道師のエルムに映像を中継してもらっている。もうちょっと拡大しよう」

ヴァレリウスは自分の両手をそっと両側にひらくような動作をした。遠い風景をそのなかにはらんだ、目にみえぬ球がぐいと全体に倍くらいに拡大されたように見えた。

その球のなかを、ヴァレリウスとヨナはのぞきこんだ。さらさらとよく茂っている梢風にゆられている木の葉が山あいの街道筋の情景のなかに、こちらに背中をみせて、馬に乗ってゆるゆると、決して急ぐようでもなく道をゆくひとりの傭兵らしい男の姿が、その球のなかに、小さく小さく浮かびあがっていた。

「この男ですか」

「私が話したのを覚えているだろう。ヴァラキアのブラン、グイン陛下とともどもタイスからパロ入りしようとして、国境越えの寸前に離脱してゴーラに戻りつつある、カメロン宰相直属の精鋭部隊、ドライドン騎士団の副団長という男だ」

「ええ、覚えています。陛下がタイスを脱出されるについてはたいへん功績もあったようですが」

「そう、しかしその任務は、陛下がパロにともなわれた、ゴーラのイシュトヴァーンの隠し子、スーティ王子を《回収》することだ。たぶんその母親と一緒に。――だが、どうやら、タイスの旅のあいだにグイン陛下に私淑してしまい、あえて陛下を敵にまわしてスーティ王子を連れ去ることが出来なくなって、任務をはたすことなく離脱してしまった。このままゴーラに戻って、カメロン宰相にことしだいを報告するつもりだろう」

ヴァレリウスはのぞきこんだ。球のなかで、小さな騎馬の傭兵のすがたが、たゆみなく赤い街道をゆっくりと駈けてゆく。

4

「——ゴーラに戻ってことしだいを報告」

ゆっくりと、ヨナが云った。ヨナの声は、決して激することがない。どのようなことがあっても、冷静で、物静かで、低い。

「ああ」

ヴァレリウスはうなづいた。この魔道の球——《のぞき玉》のなかは、いったん焦点をさだめると、その目標物の動きにしたがって、どんどんついて動いてゆくようになっている。小さな球のなかにとじこめられたブランが、ひたひたと街道を先にすすむにつれて、球のなかで、まわりの景色もまたうつりかわっていった。

「それは、困ったことですね」

「ああ。かなり、大変なことだと思うよ」

「大変というか、危険です」

「イシュトヴァーンだからな。——また、カメロンにせよ、いまわれわれがパロ聖王家の将来についてあれこれ案じている以上に、いろいろとゴーラの将来については頭を悩ませているに違いない。――どうも、難儀なものだな」

ふと、おかしくなったように、ヴァレリウスは云った。

「あちこちの国で、宰相殿が国の将来と、お世継ぎのことで頭を痛めている。まったく、宰相など、なるもんじゃない。――まして俺なんか、本当にまったくそんなものに向いてやしないんだから」

「まあ、それはそのとおりかもしれませんが」

いやになるほど冷静に、ヨナが云う。

「しかしカメロン宰相と、あなたと、それにハゾス侯とでは、ずいぶんそれぞれにお立場が違いますすよ。ことにハゾス侯は違う。カメロン宰相のほうはあなたと同じように、なんとかしてゴーラの将来を維持しようと必死なのでしょうが、国力や武力で難儀に直面しているパロと、むしろそちらは充分あっても、内部の事情が大変なゴーラとではかなりまた事情も違うでしょう」

「それは、むろんそうなんだが――ただ、ぼやいただけだというのに」

ヴァレリウスはなさけなさそうに云った。

「そんなことより、とにかくいま私が悩んでいるのは結局――」

ヴァレリウスはそっと手をはなして、《のぞき玉》を宙に浮かせた。小さな、そのなかに遠い風景をとじこめた球は、それ自体が目にみえぬガラスの球のなかにでも入っているかのように、ぽかりとヴァレリウスの胸くらいの高さに浮いている。

「結局このブランをどうしたらいいかということだ。——ブランが帰国すれば当然、すべてをカメロン宰相に報告する。カメロン宰相はイシュトヴァーン王に報告する。——どう考えても、イシュトヴァーン王なりカメロン宰相なりが、このままそれを放置しておくとは考えられぬ、ということも、このあいだ、あなたと相談したとおりだ」

「つまり、ヴァレリウスさまがおっしゃるのは、この男をこのままにしておいてはならぬ、ということでしょう。むろん、私もそう思いますよ」

あっさりとヨナが云った。

「むしろ私としては、もうとっくに、ヴァレリウスさまはそのように決断されているものだと思っていました。——つまり、この男、ブランを、片付けるなり、そこまでゆかずとも、とらえて監禁するなりして、この男の報告が、パロに危険を及ぼすことそのものを防ごうとされるだろうと」

「そう簡単にゆけば苦労はしない」

ヴァレリウスは呻くような声を出した。

「グイン陛下は、私にはっきりと、この男に手出ししたら、俺はお前の敵になる、と言明されたのだ。——まあ、一緒に旅をしてきて、いろいろと苦難もともに乗り越えてこられたのだから、陛下がそのような友情をブランに対して持たれるのは、わからないわけじゃない。だが、だからといって――」

「だからといって陛下が、ゴーラ軍がパロを侵略することを防いでくださるかどうかと云えば、それは――」

「かつての陛下なら、なんらかの思いきった手を打ってくださったことと思うさ。だが、いまの陛下は――御自分の記憶障害のことで手一杯だ」

にがにがしくヴァレリウスは云った。

「手一杯というより、国際情勢について、まだ相当にいろいろと疑惑や不安を持っておられるらしい。――まあ、それは当然かもしれないが。誰かが何かを吹き込もうとしても、それがまったくの嘘いつわりであるのかどうかも、陛下には見分ける方法がおありにならないのだからな、いまのところ。だから、判断はさしひかえておこう、というのもわからないじゃない。だが、それでは、われわれはどうにもならない」

「いいじゃありませんか」

ヨナがかすかにきらりと目を光らせた。

「パロを守るためなのでしょう。やむを得ませんよ。ブランを」

「待て、ヨナ。待ってくれ」

「ずっと、どうせ、ブランには見張りの魔道師をつけてあるわけでしょう。あなたのことですから」

「それはまあ——とにかくとりあえずは、なるべくブランのゴーラ入りを遅くさせてやろうというくらいしか、出来なかったのでね。あちこちで、魔道師に命じてブランの足をとめさせ、極力時間が稼げるようにしているが、それも限度があるだろう」

「なら、もし、たとえばこの男が旅の途中で山賊にでもあって、不慮の死をとげたとしても——それはパロの責任ではありませんよね」

「ヨナ」

「どうしてですか。いつもだったら、そのように考えておられるのはあなたのほうのはずですよ」

「私はナリスさまじゃないんだ」

ヴァレリウスは思わず云った。

「私には、そんな——ひとを暗殺したり……陰謀をめぐらすような性向はない。どうしてもやむを得ず、したことがまったくなかったとは云わないが、それだって本来はまったく性にあわない。いや、だが、むろんパロを守るためだと思えば私だって、なんだって出来る。そのくらいの陰謀のまねごとくらいはお安い御用だ。ただ、私が恐れてるのは……そういうことじゃないんだ」

「……」

「私は、グイン陛下のことをおそれているんだ」

「――ああ」

「あのかたは恐しい。日頃、ああして穏やかに、温厚にさえ見えるから、あまり感じていないかもしれないが、私からみると、あのかたはとても怖いかただ――イシュトヴァーンなど目ではないくらいに。とにかく、あっと驚くような思いきったことを平気でされる。……あのかたを敵にまわすのは、特にあのかたの怒りをかって、敵とみなされるのは、私は……」

「こうしましょう」

ヨナがゆっくりと云った。

「もう、私には、惜しむいのちもありません。もう、おのれの一生はなかば、余生になった、というようにさえ私は感じています。ナリスさまが亡くなり、古代機械が動きを停止したとき、私が一生を捧げた研究もまた終わったのですから。――ブランを殺したのは私、ヨナだ。それでどうですか。それなら、グイン陛下は私に怒られればいい。私を敵として憎み、殺されればいい。あなたは一生懸命とめたけれど、私の一存で魔道師に命じたのです。それは私からもそれこそはっきりと陛下に申し上げてもいい。――私は、どうあってもあの男を生かしてイシュタールに辿り着かせてはならないと思ったのですよ。だから、ヴァレリウス宰相の、手を出すなという命令にそむいて殺してしまったのです。それなら、罰を受けるのも、グイン陛下のお憎しみを受けるのも私一人でしょう。それならどうです」

「駄目だ、ヨナ」

「なんでですか」

「いま――」

ヴァレリウスはちょっと考え、それからフードをはらいのけて痩せた顔をあらわにして、激しく髪の毛をかきむしった。

「そんなわけにはゆかない。いま、パロ政府から、あなたがいなくなったら、そうでなくても人材不足でひいひい云っているんだ。パロはそれこそ立ちゆかなくなってしまう」

「いや、私程度の人間のかえならば、いくらもありましょう。若い学生を抜擢なさってもいい。それに私はいま、正式の役職もとりたてては持っておらぬことですし」

「だからこそ、遊撃としてきわめて役にたってくれている、どこの部門でも」

ヴァレリウスはくちびるをかみしめた。

「いや、駄目だ。もう、そのことは云わないでくれ。そのくらいだったら、逆に、私が決断して、あえてその責めを引き受けたほうがいい。これはパロのためにやむをえない決断だった、ということをなんとしてでもグイン陛下にわかっていただくしかない、ということだ」

「しかし……」

「本来は、そんなこともおわかりにならぬかたではあるまい。——いまは間が悪く記憶を失っておられるから、個人としての情のほうが先にたってしまっているのかもしれないが、本来は、御自分も一国を統治する立場にあるおかただ。国をおさめる、というのは時として、非情な犠牲をも強いられるものなのだ、ということはおわかりの筈——そうだな」

ヴァレリウスは激しく拳を握り締めた。そして、いきなり両手をぱたりとあわせるようにすると、ぱっと空中に浮かんでいた《のぞき玉》は一瞬で消滅してしまった。

「エルム」

ヴァレリウスは片手を空中にあげて呼んだ。ややあって、もやもやと、黒い霧が凝固するようにして、魔道師のすがたが、空中に浮かびあがってくる。

「ヴァレリウスさま」

ヨナはちょっと心配そうに呼んだ。

「まだ、少しのあいだでも猶予の時間はありますよ。いますぐ、そのように決断されずとも、もうちょっと、慎重に考えられたほうが」

「もう、ずっと考えてきたんだ」

ヴァレリウスは振り払うように云う。

「やはりこうするほかはない。いや、時がたてばたつほど決断しづらくなる。もっと早く——ブランが立ち去ってすぐにこうしていればよかったんだ。エルム、きたか」

「参りました」

「ヴァレリウスさま……」

なおも、ヨナが心配そうに云うのを、振り払うようにして、ヴァレリウスは鋭く云った。

「エルム。さきほどの命令は取り消しだ」

「はい」

「お前はいまよりただちにイレーンにとってかえし、そして——ゴーラの騎士ブランを……ううっ。くそ——ゴーラの騎士ブランを——」

「ヴァレリウスさま。ちょっとでも不安が残っておられるのなら、いま決断されずとも」

ヨナがさえぎった。

「または、ためらっておられるなら、軟禁状態にとどめておかれてはいかがです。さもなくば、さいぜん申し上げたとおり、私がその責任を引き受ける」

「それは駄目だ」

ヴァレリウスはヨナをにらみつけた。

「あなたはパロに必要な人だ」

「それをいったらあなたのほうがもっと！」

「私などは……それに、きっと、豹頭王陛下もわかって下さるかと……くそ」

ヴァレリウスはあらあらしく歯がみをした。エルムは何も感じぬかのように黒いこうべをたれて、じっと命令を待っている。

「待て」

いきなり、ヴァレリウスは呻くように云った。

「もういい。エルム、持ち場に戻れ。さきほどの命令の取り消しは取り消しだ。最初に命じたとおりにせよ。よいな」

「かしこまりました」

まったく何事もなかったかのように、エルムは無表情に答えた。そのまま、すうっとまた、もやもやと黒いすがたが今度は霧にとけこんでゆき、さいごに消えてしまった。

「考えをかえられた？」

ヨナがいくぶんほっとしたように云う。

「こんな重大なこと——下っ端の魔道師任せには出来ない。そう思い直した」

ヴァレリウスは苦しげに息をついた。

「それならばいっそ——それならばいっそ、この私が手にかけて仕留めよう。ヨナのいうとおりだ。まだ多少の時間はある。それにエルムに足止めをさせた。ハゾス侯と話をしてからでも——たぶん、まだ間に合う。とにかくイシュタールの都に入る前に、ブランの口を封じればいいだけの話だ。あらかじめ、ブランから、飛脚にでもさきぶれをさせるようなら、それも、さきまわりして取り上げさせてしまえばいい」

「………」

「卑怯なようだが——それに所詮ただの時間かせぎをしているだけかもしれないが——」

「そんなことはありますまい」

「私がグイン陛下に憎まれ、敵になればいいだけなのだとわかっていても——私の全知能は、たとえどのようにどれほど陛下に憎まれても、決してあの男をゴーラに行かせてはならぬと叫んでいるのだが……」

「ですから、私が引き受けましょうと申し上げているのに」

「駄目だ」

口重く、ヴァレリウスは云った。

「まさかとは思うが——陛下はそんなおかたではないと思うが、あの男を仕留めたら——それに激怒されて、私だけではなく、パロ全体に対して悪い感情をもたれるような——

―そんなことがあったら、私は、ゴーラからパロを守ろうとしてかえってケイロニアの怒りを招くということになる……」

「そこまではいかな豹頭王といえど……」

驚いたようにヨナは云った。

「それに、それほどあの騎士をお気に召しておられるのでしょうか？　陛下のようなかたが、騎士ひとりのいのちと、パロ全体の命運をはかりにかけられるとは、このヨナ・ハンゼ、思いもよりませんが……」

「かつての陛下なら、そうだ。だが、いまのグイン陛下は、かつての――我々の知っていた陛下とは違う」

「そうでしょうか」

ヨナはなおも納得できぬように云う。ヴァレリウスは髪の毛をまたかきむしり、それからぐいとフードを引きあげた。

「もういい。もう、この話はいまはよそう。もうちょっと考えて――ケイロニアの軍勢がクリスタルに訪れるまでのあいだには結論をきっちりつけておく。そうなったらもう、決して考えはかえないし、それについては、たとえグイン陛下がどのように怒られようとも、なまじ隠し立てなどをして、あとで知れたときのことを考えると、はっきりと、陛下にも申し上げて置いたほうがいい」

「殺すまでゆかず、監禁するだけでは駄目でしょうか？　それまでは陛下とても、いかぬとはおっしゃいますまい」

「一生監禁しておくわけにはゆかぬ。それも考えてみたのだが」

ヴァレリウスは唸り声をあげた。

「そして、もしもスーティ王子がパロにとどまるのなら、たとえその監禁が何年続こうと、危険は同じことだ。監禁状態がとけたら、あるいはなんらかの手段で脱走したらあの男の最初にすることは、結局はゴーラに戻ってすべてを報告することだろう。――ならばもう、報告の出来ぬようにしてしまうほかはない」

「グイン陛下はこの危険について、ちゃんとご存じのはずです。陛下に、この話をちゃんと持ち出して――ブランを始末してはならぬとおおせられるなら、パロに迫る危機についてはどうなさるおつもりか、と詰問してみては？」

「それはもう、旅の途中にもしてみたんだが」

ヴァレリウスは苦笑いした。

「そのときには陛下は、自分とスーティ親子の存在がパロに迷惑をかけることになるなら、パロにはゆかぬ、そのまま去るの一点張りだった。――そうなっては、こちらがリンダ陛下に怒られてしまうから、それは懸命におとめしたのだが、どうも困ったものだなあ。どうしたらいいのか、またわからなくなってしまった。――ブランというやつ、なんとも厄介な問題を持ち込んできてくれたものだ」

「でも、ことは、ブランだけに限りませんよ」

　ヨナが指摘した。

「ひとの口に戸はたてられぬもの、またよろしからぬことをたくらむ黒魔道師などもこの世にはおりますし、放っておけば、時がたてばたつほど、パロ、クリスタルにゴーラ王の隠し子ありということは、噂にならずにはおきますまい。どれほど隠しおおせようとしてもですね——そうなれば、たとえブランの口を封じたところで同じことです。時がたてばたつほど、どこからかもれる確率は多くなります。——ヴァレリウスさま」

「ああ」

「いっそ、このように考えられてはいかがです。……もっと、それなら、積極的にブランを利用されては」

「ブランを利用だと？」

「というか、グイン陛下には申し訳ないことながら——フロリーとスーティ親子を、ゴーラに送り返してしまうのです。……グイン陛下は、スーティ王子をイシュトヴァーン王のもとに戻すのは賛成ではないのでしたよね？」

「ああ、決して渡せぬといっておいでだ」

「それはでも、結局のところイシュトヴァーン王が残虐非道で、またドリアン王子というものもいるので、スーティ王子が跡目争いに巻き込まれるかもしれぬ、というような懸念からでしょう。――つまりは、まだいずれにせよ、起きるかどうかわからぬ危険ばかりです。ブランの報告でどうなるかについても、また、イシュトヴァーンのもとにもどったスーティ王子の運命についても。だったら、ヤーンのみ手にゆだねて、フロリーとスーティ親子をパロから出してしまえば」

「それもだが、グイン陛下は激怒されるだろう」

「だったら、いっそ、ケイロニアにまかせてしまえば？」

「ええッ」

瞬間、ぎくっとして、ヴァレリウスはヨナを見つめた。

ヨナの瞳が冷徹な光をたたえてヴァレリウスを見返した。

「むろんそれによってケイロニアとゴーラのあいだに戦端が開かれる可能性もあります。しかし、ケイロニアは大国です。ゴーラも、パロを蹂躙するようなあんばいには参りますまい。いま現在では圧倒的に、ゴーラよりはケイロニアのほうが国力も武力もまさっていますからね。そのあとはもう、この問題はケイロニアが処理すればよろしいわけで、そもそもスーティ王子とその母君をパロに連れてこられたのはグイン陛下なのですから、その処理は失礼ながら、グイン陛下のお国にまかせてしまうのが、一番妥当かと思うのですが」

「確かに――一理ないわけではないが、しかし――しかしだな……」

「パロでは、ゴーラのたった一個大隊をだって、防ぐことは出来ませんよ」

ヨナは冷たく云った。

「いまのパロの武力などというものは、なきにひとしい、というより、さらにひどい、ないほうがまし、という程度のものです。下手に反抗すれば、それこそ残虐王の異名をとるイシュトヴァーンの怒りをかい――そのときにはもう、ようやくここまで、なんとか内乱のいたでを復興しつつあるパロは、二度とは立ち直れぬほどの打撃をおうことになりましょう――あるいはあっさりと、滅亡することになるかもしれません。ヴァレリウスさまが防ぎたいのは、まさにパロ滅亡、ただそれだけなのですし。――だったら、ケイロニアにまかせてしまったほうがよほどマシですよ。そもそもは、グイン陛下が情けをかけられた親子だったのですから」

「ウーム……」

ヴァレリウスは唸った。

「なんだか――こういっては何だが……」

「何でしょうか」

「妙に、ナリスさまに似てきたような気がするな、あなたのものの考え方は。――冷酷非情、とはあえていわないが、しかし……」

「ただ、論理的に考え、情に流されまいとしているだけですよ。——ナリスさまも、極力そうされていましたし、私はそれをとても尊敬していましたから。それは当然、情ではなくて、論理でものを考えようとすれば、ナリスさまと同じように考えたりふるまうことになるでしょう。あのかたも、論理の前には、いささかの情などはうっちゃってしまうようなところがおありでしたから」

「私はたぶん、気が弱すぎるんだろうな」

ヴァレリウスは弱音を吐いた。

「だから、宰相になんか向いていない、といっているんだ。——だがもうそんなことを云っていたってしかたがない。まあ、確かにヨナのいうとおりかもしれない。というより、そうせざるを得ないかもしれない。それについては、もうちょっとだけ、グイン陛下と率直に話をしてみて、さらにもうひとつだけ、これはいささか功利主義的な考えで気がさすんだけれどもね、もうひとつ、私もかろうじて、考えが浮かんだよ。あなたのその話をきいて」

「と云われると」

「それこそランゴバルド侯ハゾスどのと会見して詰めるようなことだが——いまのパロはとにかくお話にならないほど疲弊しており、経済的にも困窮している。グイン陛下がもし、ケイロニアにあの親子を連れてゆくことが、国際政治の見地からも、陛下個人のお立場からも具合が悪いゆえ、パロに預かってほしい、とお考えならば、ハゾス宰相の考えひとつだが――その、養育料、といっては何だが、若干の金銭的援助と、それに――ケイロニアにパロのうしろだてになってもらい、ゴーラの脅威に対する防壁となってもらう、という約束をとりつけることが出来れば――」

「ああ」

「それで、あるていど、ケイロニア軍をこちらに駐留してもらって――これまで《竜の歯部隊》がいたように、申し訳ないながらこちらもこういう事情だから、食費滞在費は頂戴する、ということでになってしまうが、それでケイロニア軍にパロを守ってもらえるようなら――むろん、こんなのは一つの独立した国家として成立していない、ということを世界に認めるようなものなんだから、その間にパロとても一刻も早くちゃんと経済、軍事、政治をたてなおして、なんとかして、そのような援助が早く必要なくなる情勢にしなくてはいけないわけだが――」

「それは、いい考えです」

ヨナがちょっと目元をほころばせた。

「それに、われわれにとっては大変な事態でも、軍事大国ケイロニアにとっては、たいした問題でもない、というようなことでもあるでしょうし。――だとしたら、ブランを殺してグイン陛下の逆鱗にふれることもないですね」

「そううまくゆけばね」

ヴァレリウスは慎重に云った。だが、ようやく、彼の灰色の目は、多少の明るさを取り戻しかけていた。

第二話　対　面

1

かくて、ケイロニア宰相ランゴバルド侯ハゾスが自ら率いる、ケイロニア王グイン帰国出迎えの軍勢二千は、粛々と、ケイロニア南部を縦断し、自由国境地帯をこえ、遅滞なくシュクで国境をこえて、パロ領内に入り、さらに首都クリスタルめざして堂々の南下を続けてきたのであった。

次々に、ケイロニア軍の進軍の知らせがクリスタル・パレスにもたらされ、パレスは時ならぬ二千の客を迎えるためおおわらわになった。正直のところ、リンダがこっそりこぼしたように、いまの困窮状態からまだ完全に脱し得ていないパロにとっては、なかなかきびしい来客であったが、伝統と由緒ある国パロの体面をつぶすわけにはゆかぬ。かろうじてあちこちからかきあつめた、人員や、金品をおしみなく使って、ハゾス軍を手厚くもてなす用意が着々とととのえられていた。

グインのほうは、やはり、ついにケイロニアの人々、それももっともこれまで身近にいた重臣たちと顔を合わせることになる、という事実に、かなり緊張しているようだったが、どちらにせよ、グインのおもてからは、そのような内面はなかなかはかり知れなかった。それに、次々と早馬でケイロニア軍の近づいてくる知らせがもたらされるうちに、グインにとっても、かなり、心の準備は出来上がってきたようだった。

「ハゾス侯たちがおいでになっても、それでたちまち、一夜か二夜逗留されただけで帰国のだんどりになってしまったりは、しないわよね？」

リンダは、悲しげにグインに確かめた。

「あなたの記憶のほうの治療だって、まだまだ途中なのだし――それに、ヴァレリウスが、このような機会はめったにないので、どうあっても、ケイロニア宰相と、宰相会談をもうけさせてもらわなくてはならぬ、たくさん、お願いしたいことや決めたいことがあると云っていたわ。――少なくとも、まだ半月や、できればひと月くらいはいてくれるのでしょう？　そうでなくては、私、ちっともあなたと久々にゆっくり語らえた、という気持がしないわ。――だって、あなたは、毎日毎日、左腕の傷の治療と訓練と、それに記憶の治療でとても忙しくしているし、私もしょっちゅうなんだかんだとつまらぬ雑用にばかりおわれているし。――なんだか、まだ全然、あなたとゆっくり話が出来た、という気もしないのだわ」

「それは、俺のほうも、あまりすぐに帰国の途につきたくはないな」

グインは認めた。

「俺にせよ、なんとかして記憶のほうをせめてもうちょっとだけでも回復させてから、ケイロニアに戻りたい、とずっと思っているので――今回のこの迎えがきわめて急だったので、かなり戸惑っている」

「それだけ、かれらにとっては、あなたの不在は切実なのだわ。そのことはもちろん想像もつくけれど――でも、私もっとあなたと一緒にいたい。なんだか、まだ何も話していないような気がするのよ……」

「ああ」

グインは短く答えただけだった。

グインの左腕のほうはきわめて順調に回復しており、もう、ほとんど、包帯も、見るものを驚かすような大きなものではなくなっていた。まだ毎朝包帯はとりかえ、薬も塗り直されているが、もうすっかり傷は癒着し、それもきわめてきれいにくっついている、というのがパロ医師団の診断だった。機能回復のための訓練も、規則正しくおこなわれ――どちらにせよグインには、この平和な宮殿で、ほかにすることがそうあるわけでもなかったのだ――それもなかなかに好調だった。

たいへんに成績のよい、からだの回復に比べると、記憶障害のほうはなかなか回復のあてがなかった――というより、治療の決め手もまた、まったくなかったのだ。一応、グインの記憶障害についての、回復のための責任者を引き受けたヨナ博士は、いくつかの思いきったこころみを考えていたが、そのためには、もうちょっとグインの心身が安定した状態になったほうがいい、と考えていた。もうちょっと、グインの左腕が回復してからでも、遅くはないのではないか、とヨナは考えていたのである。

だが、ケイロニアからの軍勢のほうは、相当に速度をあげて、ひたすら、一刻も早く豹頭王のもとにかけつけようと急いでいるようすだった。その進み具合はちくいち、リンダと、そしてグインのもとに報告がもたらされ、そして、予定どおりに、ケイロニア軍がシュクで国境をこえた、という報告がやってきて、もうそのあとは、クリスタル・パレスに入るのみであった。

だが、ハゾスは、あまりに仰々しい騒ぎになることをはばかり、クリスタル市の手前で、いったん、全軍を停止させた。そして、迎えの軍勢がクリスタル市をのぞむところまできた段階で、あらかじめ先触れとして、軍勢のおもだった面々だけが、わずかな護衛をひきいて、クリスタル・パレスに入ることになったのであった。おそらくひとつには、何かと機転のきくハゾスとしては、いまのパロの窮状についてもとくに承知の上で、賓客として扱われなくてはならぬ二千の人数がクリスタル・パレスに入ることを、一日でも遅らせるほうが、パロは有難かろう、と察しをつけたのである。

「ケイロニア宰相、ランゴバルド侯ハゾス閣下、ケイロニア十二選帝侯の内、ワルスタット侯ディモス閣下、ケイロニア黒竜騎士団団長黒竜将軍トール閣下、ケイロニア金犬騎士団団長金犬将軍ゼノン閣下。ならびに副将十名の皆様が、ただいまクリスタル・パレスに御到着、それぞれ十名の騎士のみを率いて、東大門を通過されました」

クリスタル・パレスの小姓がその訪れを報告しにきたのは、予定どおり、ケイロニア軍がシュクに一泊した翌日であった。

すでにすべての受け入れの用意は調っていた。リンダがグインと、そしてその部下の重臣たちとの久々の対面の儀のために用意させたのは、クリスタル・パレスの数ある建物のなかでもっとも広く豪華な、聖王宮水晶殿の、もっとも広い謁見用の大広間、『星辰の間』であった。護衛の騎士たちをひきつれたケイロニアの四人の重臣は、いったん星辰の間の裏手の控えの間に通されたのち、あらためて小姓たちの先触れによって星辰の間に案内されることとなった。

迎え入れるパロからも、あわただしく、星辰の間には、聖女王リンダ、宰相ヴァレリウス、相談役ヨナ、宮内庁長官ミレニウスらの文官のほか、うら若い聖騎士侯アドリアンを筆頭に、聖騎士侯、聖騎士伯たちが正装で出迎えていた。聖騎士伯リギアも正装に威儀を正して並んでいた。ヴァレリウスとリンダはあれこれと知恵を絞って、アル・ディーンことマリウスについては、まだ、もうちょっとケイロニア側との話し合いがすむまではおもてに出さぬことに決めたので、この席には、マリウスは出席していなかった。

広大な星辰の間は、戴冠式や、国王の結婚式などのもっとも大きな儀礼のさいにも主たる場所として使われる広間であったから、天井も高く、この上もなく広く豪華であった。うちつづく戦乱にすっかり荒れ果てた一時期もあったが、もうそれはとっくにぬりかえられ、調度品もとりかえられ、いくぶん簡素にはなっていたが、高雅で、そして優美な、いかにもパロ王国らしい、そしていかにも美しい若い女王のおさめる国らしい優雅なたたずまいを見せていた。

その星辰の間の壇上に、パロの重臣、貴族たちが居並んで、ケイロニアの一行を待ち受けていた。ひところのパロの栄華を少しでも覚えているものであったら——そしてまた、ひところの、内乱前後のクリスタル・パレスの荒れ果てようを知っているものならば、誰もが、ある種の深い感慨にとらわれざるを得なかったに違いない。それは、ひとつには、（よくぞ、この短期間に、ここまで復興したものだ——）という感慨でもあったし、もうひとつは、（ああ——本当にパロ宮廷のありようも、かつてとは何もかも、百八十度変わってしまったのだな……）という感慨でもあるはずであった。

一見すれば、パロの栄華はまたようやく、少しづつでも取り戻されつつあるように見えてはいたが、その実、まだいたっておぼつかなかった。早い話が、このようにいつ、何の重大な式典に使われるかわからぬ重要な場所は、先に先にと修復され、ぬりかえられ、綺麗に掃除されて、なんとか格好がついていたが、一歩外に出ると、たちまちそこには、ネルバ塔、ランズベール城の廃墟のままのすがたが目をうった。とうてい、いまのパロの財力では、そのような大がかりな工事までには、いたらなかったので、こういう大きなものはまだ再建のだんどりにはいたっていなかったのである。

ことに、ネルバ塔はそれほど大きく破壊されたわけではなかったので、まだ、かなりあちこち破損している程度で目立たなかったが、炎上したランズベール城は、いまだに、夜になるとランズベール一族の無念をのんだ幽霊が出る、というようなおさだまりのうわさも消えておらず、それも無理からぬ、むざんなありさまを呈したままであった。唯一、はえあるランズベール侯一族の最後の生き残りとなった、幼い現ランズベール侯キースはまだやっと十歳になったばかりであったが、きちんと高位貴族の第一礼装に身をつつみ、長いマントと、ランズベール侯の紋章つきの帽子をつけて、文官たちと武官たちのあいだに、これもまだ若いネルバ侯ネリウスともども真面目な顔つきで並んでいた。そのさまはなかなかに、微笑ましくもあり、事情を知っているものの涙をも誘った。キースの後ろには、後見人にたっている副将セオドールが常にじっと影のようにひかえている。しかし、かれらにせよ、まだもとどおりランズベール城にすまうところまではいっていなかった。ランズベール城はまだ、むざんな黒こげの瓦礫のすがたをさらしているままであった。

おもだった場所、聖王宮や王子宮、女王宮やルアーの塔、サリアの塔、ヤヌスの塔などはかなりきれいに修復されていたし、ちょっとはなれたところではそれほどいたでを受けていないところもあったが、建物そのものの被害よりも、大きかったのは人的な損害であり、かつてのクリスタル・パレスと現在のクリスタル・パレスとの最大の違いは何かといえば、それは、かつてにくらべて圧倒的に人手が少なく見えることであった。それでもむろん、この星辰の間には充分なだけの小姓も、女官も、また若いとはいえ新しい聖騎士侯たち、文官たちも居並んではいたが、とうてい、かつてのパロ宮廷の繁栄ぶりには比べるべくもなかった。それになんといっても、誰もかれもが、きわめて若かった――ランゴバルド侯ハゾスも、ワルスタット侯ディモスも、またトール、ゼノンの将軍たちも、ケイロニアの使者たちはまずはおのれの敬愛してやまぬ豹頭王についに再会出来るのだ、と言うことだけでもう天に舞い上がっていたし、よしんばそれに目をとめたとしても、それについてぶしつけなことを云うような人柄ではなかったから、何も気付かないふりをしていたが、げんざいのパロ宮廷の最大の特徴はやはりその「異例の若さ」であるのは確かだった。平均年齢といったら、文官も武官もおそらくまだ二十歳前後がいいところで、そのせいで、まるで、それはおもちゃの宮廷然としていた――入ってきたケイロニアの重臣たちが、ゼノン以外はそれぞれにそれなりな年齢であるだけに、いっそうその感は強かった。なにしろ、筆頭聖騎士侯のアドリアンはまだ二十歳であったし、それをいうならリンダ女王そのひとからして二十一歳にすぎなかった。ヨナもまだ若く、このなかでは一応最年長のヴァレリウスにしても、かなり老けてはみえたがじっさいにはまだ充分に青年といっていい年齢だったのだ。

それもだがやむを得ないところだった。年かさの偉い聖騎士侯や、重臣、貴族たちは、みんな死んだり、引退したり、引責辞職したりして宮廷には出てこられなくなってしまったのだ。ルナン侯も自死したし、ダルカン、ダーヴァルスもいなかった。そしてまた、最長老たるマール公は老人だけに、このところずっと、うち続いた戦乱とパロ再興の心労のために体調を崩し、領地に引っ込んで静養せざるを得なくなっていた。そのあとを受けてクリスタルで司政官をつとめているマール公の甥のアマリウス侯爵はまた、これもまだやっと二十六歳にすぎない。

（なんだか、子供の宮廷のようだな……）

ひそかに、内心、そのくらいのことは感じていたかもしれないが、むろん、世慣れたハゾスも、篤実なディモスも、トールも、何もおもてにもあらわさなかった。

それに、そんなことよりも、かれらの関心はただひたすら、一点に集中していたのだ。

（陛下は……）

（陛下はいずれにおられる……）

座には、グインはいない。

まんなかの、一段高くなった玉座から、かれら一行を迎えに立ち上がったリンダ女王は、ゆったりとした、胸が大きくあき、衿の立った黒びろうどのドレスをつけ、その肩から長い、黒に銀の混じったレースのマントをひき、銀色のゆたかな髪の毛を美しく結い上げてその上から黒い極薄のレースのヴェールをつけ、その上に小さな銀製の略王冠をのせて、のどもとにはきらきらと宝石が輝いていた。きわめて美しく、目をひく姿であったが、それもまた、ケイロニアの使者たちにとっては、求めるものではありはしなかった。

「クリスタルにようこそ、ハゾス侯、ディモス侯、トール将軍、ゼノン将軍」

式典係のふれを受けて、リンダが落ち着いた気品ある態度で迎え入れた。ハゾスは皆を代表して進み出、丁重に、外国の最高君主に対する一番正式の礼をした。

「いつに変わらずお美しく気品高きパロ聖王国の聖なる女王、リンダ・アルディア・ジェイナ陛下には、みけしきもつつがなくわたらせられ、重畳のいたりであります」

ハゾスはすでに、先年の滞在のおりに、リンダとは好意をもちあう仲となっている。流麗で節度ある挨拶のなかにも、旧知の親しみが湛えられていた。

「このたびは、パロ宰相ヴァレリウスどのより、ご懇切なるお知らせを頂戴いたし、われら一同とるもとりあえず、クリスタルに参上させていただきました。一同を代表し、まずはケイロニア宰相、十二選帝侯の内、ランゴバルド侯ハゾス、このたびのお知らせを頂きましたことに、あつく御礼を申し上げさせていただきます」

「ご丁重に。長の年月ケイロニア宮廷、またケイロニア皇帝家、アキレウス大帝陛下、そしてケイロニア臣民のはしばしにいたるまでひとかたならぬご心痛をおかけいたしましたこと、すべてこのパロをお救い下さろうという、グイン陛下のあつき義俠心からのできごと。いまあらためて、ここに、陛下の御無事の御帰還をケイロニアのみなさまにお知らせ申し上げることは、このリンダ・アルディア・ジェイナ、最大の喜びとするものです」

「おそれいります。してあの——陛下——グイン陛下は……いずれに……」

「ただいま、こちらでお待ちになっておられますわ」

リンダは悪戯っぽい微笑みをたたえた。そして、しなやかな手をあげ、小姓に合図をした。

「ケイロニア豹頭王、グイン陛下！」

ただちにふれ係が自慢の美声を張り上げる。同時に、奥の扉が左右にさっと開き、内側に垂れていた幕がさっと絞りあげられた。

「あ——」

ハゾスは、我にもあらず、いきなり駈け寄ろうとするのを押さえようとするあまり、つんのめりそうになった。そうでなければ、場所柄もわきまえず、ハゾスらしくもなく、駈け寄って抱きついてしまいそうだったのだ。

「へ──陛下……」

「ケイロニア豹頭王グイン陛下、ご出座！」

またふれ係が声をはりあげた。ざっざっと足音をたて、ガウス准将率いる《竜の歯部隊》が、誇らしさに頬を一様にほてらせながら、先に入室してきて、リンダが隣りに用意させてあった、グインのための椅子のうしろに隊長たちだけが立ち、残りのものたちはさらにそのうしろに整列した。

そのあとから、ゆっくりと、長い茶色のびろうどのマントをまとい、リンダの心づくしでケイロニアふうの正装のトーガをつけた、豹頭人身の異形のすがたが入ってくるのを見たとたん、ケイロニアの重臣たちは、またしても、ざわめきたち、こんどはどうしても、それをしずめることが出来なかった。

ゼノンは、思わず、嗚咽をはじめた。なんとかしてこらえようとしながらも、こらえることも出来ず、その目はひたすら、長いあいだ待ちこがれ続けていた彼の英雄にくぎづけになっている。トールもディモスも目頭を潤ませていた。

「おお──」

「陛下──」

「グイン陛下だ──豹頭王陛下が……」

「よくぞ、御無事で……」

懸命に歔欷の声をこらえようとしながら、むさぼるようにその忘れがたい姿を凝視している、ケイロニアの重臣たちの前を、ゆっくりと通り過ぎ、グインは、玉座に上がっていった。ふさりとマントの裾をひるがえし、こちらに向き直る。

「申し上げます」

別の式典係が進み出て丁重に頭をさげた。

「ケイロニア王グイン陛下に申し上げます。ただいま、ケイロニア本国より、陛下のお出迎えに、宰相・選帝侯ランゴバルド侯ハゾス閣下、選帝侯ワルスタット侯ディモス閣下、黒竜将軍トール閣下、金犬将軍ゼノン閣下、各副官のみなさまをひきつれて御到着でございます」

「グイン」

リンダがふりむいて、声をかけた。

「はるばると、本国から、あなたの無事をきいて、とるものもとりあえずかけつけて来られた皆様だわ。――まずは、お声をかけてあげて下さいな」

「ああ」

グインはまだ、ひそかな内面のゆらぎを、かみしめたままだった。

だが、そのトパーズ色の目は、もう、何の動揺の色も浮かべてはいなかった。

「ランゴバルド侯ハゾス」

「は……」

「ワルスタット侯ディモス」

「御前に……」

「黒竜将軍トール」

「これにおります」

「金犬将軍ゼノン」

「は——はい……」

「皆々、出迎えご苦労である。——はるばるとの迎え、大儀であった。長いこと留守にし、たいそう心配をかけた。——ハゾス」

「は、はッ」

（この男が、ランゴバルド侯ハゾス——俺の右腕にして、二なき親友だったという、ケイロニアの名物宰相——やり手で敏腕だときく、ケイロニアの大黒柱か……）

何か、電撃が——マリウスや、リンダのときと同じ電流が走るものかと、グインはひそかに期待もしていたのだが、しかし、ハゾスの涙でいっぱいの目とおのれのトパーズ色の目がぶつかったその最初の瞬間にも、何の電流もグインは感じなかった。だが、グインの目にうつったのは、たいそう有能そうで、気品高く、その上聡明そうな、男前でいかにもきびきびとした四十がらみの立派な大貴族だった。

(これは、相当に出来る男だな——それに、信頼してよい。ウム——本当に、見るからに、信頼をかけても大丈夫な顔をしている。——腹もすわっていようし、きわめて経験もつんでいるようだ。その上にとても聡明で——なるほど、この若さで大ケイロニアの宰相だけのことはある……)

「元気であったか」

のちほど、あらためて、記憶についての話はしないわけにはゆかなかったが、あえて、そう云った。これほどに感涙にむせんでいるものたちを、最初からむげに失望させるのはイヤだったのだ。たちまち、ハゾスの目が滂沱の涙にかすんだ。

「はい——は、はい、陛下——はい……」

「息災であったか。ケイロニアには、変わりはないか」

「ございませぬ——ただ、その——いえ、のちほど申し上げます。いまはただ……いまはただひたすら、陛下に再びお目にかかれまして、このハゾス、これほどに——これほどに嬉しく感泣すること、またとございませぬ……ああ、陛下、お会いしとうございました」

どうしても、こらえきれぬ、というようすで、ハゾスはすばやく、服のかくしからひきだした手布で顔をおおった。

「と――取り乱したところをお目にかけまして、申し訳もございませぬ。――それがし、どれほど――どれほど陛下にお会いしたかったことか……心配もさることながら――皆様の御心配や、大帝陛下のご心痛、すべてはさることながら、僭越ながらこのハゾス――その何にもまして……陛下にお目にかかりたくて、お目にかかりたくて――」

ハゾスは嗚咽をようやくこらえて、手布で目もとを拭った。

（この男は――驚いた。これほどの、決して取り乱すところは見せそうもない大貴族が、これほどに感情をあらわにするのか）

グインは、ひそかな驚きにとらえられながら、じっとハゾスを見つめていた。

（なるほど。この男は本当に――本当にとても俺のことを――いや、つまりケイロニア王グインのことを好いてくれていたのだな。――無二の親友であったと聞いた。なるべく早く……そのきずなは、取り戻すか――また確認するか、さもなくばあらたに作らねばならぬ……そうしたら、この有能な男が、誰よりも強力な俺の頼もしいうしろだてになってくれそうだ……）

「のちにまたゆるりと語り明かそうぞ、ハゾス」

グインはおおように云った。

「ワルスタット侯ディモス」

「はい……」

これはまた、グインの目にうつったのは、ハゾスとさほど年齢はかわらないか、あるいは少し年下なのだろうが、もっとずっと若く見える、驚くほど美男子のすらりとしたようすのいい大貴族だった。明るい目、輝くような歯、そして誠実で真面目そうな端麗な顔。

「長いこと、心配をかけたな。ディモス」

「何をおおせられます。――私はいつもひたすら、陛下のもっとも忠実なしもべでございます」

ディモスは、一瞬、剣の誓いをしようか、と迷ったように見えた。

だが、それから、おそらくは、身分が上である宰相のハゾスがしなかったものを、自分がするのは僭越、と感じたのに違いない。そのかわりに丁重に膝をついて、ひくくこうべをたれた。

「ご息災なるおすがたを拝見つかまつり、このディモス、感動のあまり、ことばもございませぬ……」

（なるほど――）

確かに人柄もよさそうだし、真面目そうだし、また、決してそれほど有能でなくも見えないが、それでも、これは、ハゾスのような本当の意味での《重鎮》ではないのだろう、とグインはひそかに当たりをつけていた。何がそう思わせたのかわからぬ。また、べつだんかろんじるつもりがあったわけでもないが、しかし、ハゾスほどの人柄の面白みはなさそうだ、ということを、グインの直感が、ひと目みて感じたのだった。グインはおおようにうなづいた。

「皆に会えて、俺も嬉しい。またのちにゆっくりとあれこれ語りたいものだ」

「は——恐悦にございます」

ディモスは低くまた頭を垂れた。グインは、その隣で、さっきから全身を緊張させて待っていた、黒と金のよろいの大柄な武将に目をうつした。

2

「黒竜将軍、トール」

「陛下……」

トールのタカのようにするどい目が、万感の思いをこめて、グインを見上げている。

あらかじめ、もう、誰誰が迎えの部隊のおもだった顔ぶれであるかは、ヴァレリウスから聞いて知っていたし、そして、ヴァレリウスからも、マリウスからも、あらかじめ情報を仕入れていたので、ランゴバルド侯ハゾスが豹頭王グインにとっては無二の親友であることも、ハゾスがグインのおかげで九死に一生を得、深く私淑していることも、またハゾスとディモスが個人的にとても親しいことも知っていた。また、黒竜将軍トールが、伝統と生まれつきの身分ばかりを重んじるパロではとうていありえないような経歴、すなわち、ケイロニア出身ではあるが正規の職業軍人からではなく、傭兵から再々の手柄をかさねて正規の軍人となり、そしてとんとん拍子に出世してついには黒竜将軍となったグインの副官となり、そこから、グインがケイロニア王になるにともなって、グイン王の引き立てで黒竜将軍にまでのぼりつめた男である、ということも、あらかじめ聞いて知っていた。

(なるほど……)

グインの目にうつったトールは、ごついぶこつな顔をした、いかにも経験をつんだたたき上げの、だが、どこかに篤実さと頑固さとを感じさせる典型的なケイロニアの職業軍人、といった四角い感じの男であった。背はそれほどきわだって高くはないががっちりとして、肩幅や胸板などはきわめて立派に鍛えられて分厚い。貴族的なところや、また軍人としても、ひと目を驚かすような派手なところはないかわりに、実に頼もしげな、がっしりとした樫の木のような武人に見える。

「元気でいたか?」

グインは、わざと、ことばを崩して話しかけた。なんとなく、ヴァレリウスやマリウスからきいた経歴から察するに、もともとはグインのほうがこの男の、傭兵としては後輩であったというし、かなり、トールとのあいだには、他とは違う交流や親しみがあったのではないか、という気がしたのだ。

トールはぐいと拳で目頭を拭った。

「おかげさまで、元気にいたしておりました。しかし、陛下がおいでにならないので……なんだかずっと、体の心棒が抜けてしまったみたいで……」

トールの返答も、グインのその考えをうらづけた。それはただの将軍が王に答える、という以上の、何か深い、格別な親しみを秘めた言い方だった。

「御無事でようございました。お怪我をなさったそうで……」

「パロのすぐれた医術のおかげで、もう大事ないし、いまはほとんど、動かしても平気なようになった」

「お怪我は、どちらで？」

「左の腕だ」

グインはマントをはらいのけ、白い包帯に包まれた左肩から腕を示した。ケイロニアの重臣たちのあいだにかすかなどよめきが起きる。

「おお……」

「あわや腕を切り落とされるところだったとあとで聞いたが、いまはさいわいすっかりくっついていて、もとどおり動くようになるにもういくらもかかるまいということだ。心配はいらぬ」

「なんてこった」

トールは低くつぶやいた。そして、また、丁重に頭を下げた。

「………」

そうなれば、自動的に、あとに残るのはただ一人だった。

（金犬将軍、ゼノン）

実は、そもそもの最初から、かれら一行が室に入ってきたときからもう、ゼノンひとりは、記憶を喪ったグインにもはっきりと、この人がそうに違いない、それ以外ではありえない、と悟られていたのだった。はたしてそうであったし、まことに、この男こそ、ゼノン将軍以外であろうはずもなかった。同じく武人のトールをさえ、見間違うことはありえない。ヴァレリウスとマリウスとからきいた話だけでも、若きケイロニアの金犬将軍、グイン王のお気に入りの、ケイロニアきっての猛将にして英雄、そして当人もこの上もなくグイン王を慕い、おのが命にもかえがたいほどに敬慕している、という、タルーアンの血を引く巨人、などという存在を、ほかのものと見間違うはずもなかった。

そのゼノンは、もう、星辰の間に入ってきたときから、緊張のあまり、こうしていることにさえ耐え得ない、とでもいうかのように、ひっきりなしにからだを小刻みにふるわせ、拳を握り締めていたが、グインが入ってくる姿を目にしたとたん、思わず、駈け寄ってその足元にまろび寄り、すがりつきたそうな風情をみせた。だが、ぐっとこらえて、懸命におのれをおさえつけながらグインをただ、ひたすらな崇拝をこめて見つめていた。

全体に、ケイロニアの人間は、みなパロのものに比べて大きい。ランゴバルド侯ハゾスもワルスタット侯ディモスも、トールも、それほどなみはずれてケイロニアの人間として大柄なほうではないが、しかしパロ側のものたちと比べてみると、いずれも頭ひとつほども高い上、骨格がまったく違う。

またことに、いまパロの宮廷を組織しているものたちが、小柄で痩せこけたヴァレリウスや、幽鬼のように痩せて青白いヨナ博士、ほっそりしてまだこれから育ちそうなアドリアンや、幼いキース、華奢ですらりとしたリンダ女王、などといった、どちらかといえばパロのものとしてもずいぶん小さめのものばかりだから、なおのこと、ケイロニアの人間は全体に大きく見える。だが、そのなかでも、ゼノンの大きさはむろん、なみはずれていた。

というよりも、ケイロニアでさえ、群を抜いた巨人、として、勇猛もさることながらまずは「若き巨人」として有名な武人なのだ。この室のなかで、まったく他のものと違う高さにそびえ立っているグインに、ちょっとでも比肩しうるものといっては、まさしくゼノンのほかにはなかった。

その上に、ゼノンは若い。まだ二十代のなかばで、活気いたって盛んとあって、そのたくましい、分厚い肩と胸、太い首、たくましい腕にも足腰にも、旺盛な活力がみなぎっているようで、ゼノンが室に入ってくると、室が狭くなるような錯覚さえあった。その巨大なたくましいからだをなお引き立てるように、頭の上に巨大なカッと口をひらいて牙をむきだした、金の山犬の首を飾りにとりつけた金犬将軍のかぶとをかぶり、胸にも金の犬の頭が紋章としてはめこまれている、黒いごついよろいをつけている。長くひきずる黒革のマントといい、巨大な飾り剣とそれをつるしたきらびやかな剣帯といい、ただでさえ巨大なゼノンが、いっそうきわだって巨大に見えるようななりをしているのだ。

そのかぶとの下からのぞくもしゃもしゃと長い髪の毛はタルーアンの血を示すように真っ赤であり、そしてぶこつな、顎の四角く、まんなかが割れた、髭あとの青い若い顔は、ひたすらいちずで猛烈であった。青灰色の明るい瞳はひたすら、崇拝がきわまって泣き出したいかのように、グインの上からはなれない。

「ゼノン」

ゆっくりと、グインは声をかけた。当然、次はおのれの番と、ゼノンは懸命に、感情の激発をこらえていたようだったが、その声をきくなり、ついにたまりかねたように進み出て平伏した。

「陛下——！」

なんといってよいか、わからぬかのように、ことばにならぬ声をあげながら、グインにすり寄り、そのマントのはしをとらえる。そのまま、マントのはしをつかんで、ゼノンは鳴咽した。

「陛下——御無事なる……ご尊顔を拝したてまつり——このゼノン——このゼノン、な

んと……なんと申し上げたら……」

「心配をかけたな」

優しく、グインは云った。ゼノンはついにこらえかねたようにわっと泣き出した。

「陛下——陛下！」

「俺は無事だ。長いこと、待たせてすまなかった。怪我も負ったが、このとおり、すっかり回復に向かっている。心配はいらぬ」

「は——は——」

ゼノンは、ただ、うつむきながら、なんとかして歔欷をこらえようとするばかりだった。

星辰の間のなかに、しんと沈黙が落ちた。誰もが、主従の再会の光景に胸をうたれてうなだれていた。

グインは、ゆっくりと、うなだれて涙をおさえている重臣たちを見回した。もう一度、ひそかに、それぞれの顔と名前とを、頭のなかにたたき込んでいたのである。

「皆の者、わざわざここまでそろっての出迎え、まことに大儀であった」

ひとことひとこと、慎重に考えながら、グインは口にのぼせた。

「短からぬ年月、わが不在にもかかわらず、よく義父アキレウス皇帝を補佐し、ケイロニアの平和と繁栄とを守りくれしこと、まことにもって、卿らの功績によるものである。

この俺も思いがけぬ成り行きにより、きわめてさまざまなる変転を経て、ついに思いもよらぬこのパロ、クリスタルの都にて、諸卿と再会せしを得たること、ひたすらヤーンの神の思し召しのままと不思議の念にたえぬ。——いずれ機会を得て留守のあいだのよもやまの話をきく折りもあろうかとは思うが、まずは、長いあいだの不在を守りくれしことへの礼を言おう。また、こうして諸卿らと再び巡り会うを得たことも、すべては、ここにおられるパロの聖女王リンダ陛下と、そして宰相ヴァレリウス卿のお力ぞえになるものだ。おふたかたにも、あつく礼を申し上げてもらいたい」

「は……」

ゼノンを制するように進み出たハゾスが、パロのものたちに向かって丁重に一揖した。

「わが二なき主君をこのようにわれらとめぐりあわせ給いしこと、また、陛下ご負傷を手厚くお手当いただきしこと、すべてわれらケイロニアの民はパロの女王陛下及び宰相閣下、そしてお手間をかけたすべてのかたがたにお返しできぬ負い目を負いました。いくえにもこのハゾス、ケイロニアの民及び政府になりかわり、おん礼申し上げます」

「とんでもない」

リンダはハゾスににっこりと微笑みかけた。

「もとをただせばグイン陛下のご苦難のすべては、このパロを救われようとなさってのこと。本来、このパロこそ、グイン陛下のおはたらきひとつによって、あやういところを救われ、このように再び国としてのかたちを取り戻すことを得ました。このご恩はなにものにもかえがたいこと、このたびこうして、このクリスタルにご一行をお迎えし、このようにグイン陛下とのお引き合わせの場をご用意することが出来て、せめてほんのそのご恩の一端なりとも、お返し出来たならば、パロにとりましても、このわたくしにとりましても、望外の幸せかと存じます」

「恐れ入ります」

ハゾスは丁重にまた一揖した。

「私どもが発ってまいりましたケイロニア、はるか北の都サイロンにては、グイン陛下をこの世にふたりとかけがえなき我が子と愛されるアキレウス大帝陛下、日夜のご心痛ははたのものも正視にたえぬばかり——この歓喜の場で、このような、辛いお知らせを申し上げることははばかりながら、どうせいずれは申し上げなくてはならぬこと。ただいま、グイン陛下に、申し上げることをお許し願います」

「とは、また」

いくぶん、はっとしながら、グインは云った。

「何か、サイロンではよくないことが起きているか。アキレウス陛下のお身の上に何か」

「はい」

　ハゾスはちょっと口ごもった。ほかのものたちもみな、うつむいた。

「アキレウス陛下、もとよりご高齢の上、このところ、グイン陛下失踪という最大の打撃のほかにも、内憂外患あいつぎまして——ひと月ほど前より、おんいたつきに病みつかれましてより、ご容態どうもはかばかしくなく——もとより宮廷医師団が一丸となって必死のお手当を続けさせていただいておりますが、ご食欲も失われ、主治医の申しますには、陛下のおんいたつきは、どこがどう病にかかられたというより、ご高齢の陛下が希望を失われての、お心の力を喪われたものかと——その最大のものはもとより我が息子と最愛されるグイン陛下の長きにわたるご不在、お行方知れず——このところしだいに枕より頭もあがらぬご重病となられ、われわれ臣下もこの上なく心をいためておりましたところ——」

「アキレウス陛下、おんいたつきとか」

　グインは云った。ハゾスはうなづいた。

「そこにヴァレリウス閣下より、お知らせをいただきまして——陛下の御様子の変わられたこと、いっそ、見ている我々もいたましく思うほどでございました。一瞬にして、お力を取り戻され——なんとしても生きねばならぬ、と……それまでは、正直、命旦夕に迫っておられるとさえ……」

「なんと」

「宮廷医師団もずっと黒曜宮に詰め切り、オクタヴィア殿下も夜の目も寝ずの献身的ご看病でございましたが、日に日に体重も落ちられ、気力を喪って起きあがることもあたわず――それが、グイン陛下、パロに御帰還とお聞きになるより、なんとかして起きあがろうとなさる御様子がまたいっそいたいたしく――」

「それは――また――」

「なれど、何分ご高齢の帝が、ずっと病みついておられましたので、ひどく衰弱しておられます。わしはなんとしてでも、グインが帰国するまで、いのちの火をたやすわけにはゆかぬ、いま一度グインに会うまではどうあっても先にゆくわけにはゆかぬ、とおおせられまして、なんとかして、喉を通らぬお食事も、召し上がろうとするまでになられましたが、まだまだ回復まではおぼつかず――」

「……………」

「それゆえ、われら、夜を日に継いでこうしてお迎えに参りました。もろもろ、パロにも諸事情のおありであろうこと、またグイン陛下を御懇切におもてなしいただき、お手当いただき、まことに感謝にたえぬことではございますが、なにせ事情が事情ゆえ、グイン陛下には、一刻も早いご帰国が願わしく、このように――とるもとりあえず我等一同、雁首そろえてお迎えにあがった次第でございます」

「アキレウス陛下が、ご病気――」

グインは憮然として呟いた。

また、リンダとヴァレリウス、そしてヨナらも、そっと目と目を見合わせていた。

これは、パロのものたちにしてみれば、ことに思いもよらなかったことであった。ヴァレリウスは、多少パロがおさまりはじめて、すべての魔道師を手元に置く必要が減少して以来、ずっと魔道師の斥候を、世界各国の重要な地点にはもれなく送り込んでいる。当然、サイロンにも何人かの斥候が置かれていたのだが、その斥候たちからは、「アキレウス大帝発病」というような知らせは、まったく送り込まれてきていなかった。当然ケイロニアのような大国ならば、パロほどきちんと魔道師部隊のようなものが組織はされていないまでも、おかかえの魔道師の数人は用意され、結界を張ったり、魔道師による斥候を肝心の場所では阻んだりするくらいの防衛はしている。それゆえに、どちらかといえばヴァレリウスの送り込む斥候は、サイロンの町のうわさだの、また黒曜宮からの発表などを早め早めにヴァレリウスのもとに届けてくる、という程度のものになるのだが、それらからは、まったく、黒曜宮の奥でそのような事態が起きている、という報告はなかったのだ。

（つまり、それほどに——本当は、アキレウス大帝の状態は、重篤だったのだ。——ハゾスは口をにごしているが、おそらくは——枕から頭もあがらぬ、というその時点で、もしかしたら、ケイロニアは、アキレウス大帝崩御の可能性をかなり予想していたくらい、そのくらい——おそらく、アキレウス大帝の容態は悪かったのだ。こちら——パロの魔道師の斥候も、かつてとは威力が違う。あまり上級の魔道師を手放して遠国に常駐させる力はいまの魔道師ギルドにはないし……それゆえ、せいぜいいって、ただの一級魔道師や、せめて上級魔道師を一人、指揮者において二、三人の一級や二級魔道師をその下につける程度——そのくらいでは、なかなかかぎつけられぬほど、厳重に黒曜宮はこの事態について緘口令をしいていたのだな。やられた）

（だが——これは予定が狂ったぞ……）

ヴァレリウスはひそかに切歯扼腕していたが、その、フードをつけ、いくぶんうつむきかげんにフードのなかにおのれの内心を隠したようすのなかには、何も、そのような心のうちをあかしてしまうものはなかった。

（くそ。——もし、ケイロニアがそう出るだろうとわかっていたら、もうちょっと——こちらにせよ、あらかじめ対策のたてかたもあったのだが……）

「それは、さぞ御心配でありましょう」

ヴァレリウスはだが、いま聞いたことばの重さを噛みしめるように何も云わぬグインとリンダにかわって、じょさいなく、口を開いていた。

「そのような非常事態とあるからは、伝統格式を重んじるパロといえども、なかなかに、御無理にもわれらのおもてなしを受けていただきたいとは申し上げづらいところ。なれど、ともかく数日は、グイン陛下のお怪我のこともございますし、こちらに御滞在あって、お気ぜきでもございましょうが、われら女王リンダ陛下もことのほかグイン陛下にはお心を向けていられることでもございますれば、何分まずはわれらの御接待を受けていただきたいと存じております」

「有難きおことばと承ります」

ハゾスもそつのない返答をかえす。

「もとより私どもも、国もとにさようの大事出来といえども、そのそもそものおおもとはここにおられるグイン陛下のお行方知れず、それが解消したとあるからは、アキレウス陛下も日々快方に向かってはおられます。むろん、ただいますぐとって返してなどという不作法は申し上げませぬ。ただ、くれぐれも、ただいまアキレウス大帝、そのようなご容態にて、ひたすらグイン陛下のご帰国にのぞみをかけて待っておられる、ということのみ、ご承知おきいただきたく」

「むろん、むろん。ともあれ、皆様には、せっかく久々のグイン陛下とのご対面、おそらくつもるお話もおありになりましょう。われらパロの者はいったん退席いたし、座をあらため、ケイロニアの皆様にて、存分に再会のお喜びをことほぐお時間をお持ちいただこうと存じますが」

「忝ない。――のちにわれらも、あらためましてリンダ陛下、また宰相閣下ならびにパロの皆様へも、われらが陛下のお世話になりましたお礼に参上つかまつります」

「いやいや、それこそ、こちらから申し上げなくてはならぬ大恩あってのこと——まずは、あちらに別席をご用意しておりますし、グイン陛下はまだお怪我の病み上がり、完治したとは申されぬお体でございますから——まずは、ゆるりとおくつろぎいただきまして……それに」

ヴァレリウスは目をきらりと光らせて付け加えた。

「このように申しては、まるでせっかくランゴバルド侯閣下がここまでグイン陛下をお迎えにおいでになった赤誠に乗じるようでございますが——せっかく大ケイロニアの宰相たるハゾス侯がこのクリスタルまでおこし下さったのですから、のちほど、また日をあらためて、宰相どうしのいろいろとよもやまの腹を割ったお話の場をも設けさせていただきたく——」

「おお、それはもちろん。私のほうも、陛下のことや、また陛下の直属部隊《竜の歯部隊》のものたちが、長きにわたりパロにお世話をかけてしまった件につきまして、ヴァレリウスどのと懇談したいものとひそかに期して参りました」

「それは助かります。それでは、のちほど、あらためて、御滞在の予定と、その間のいくばくのご懇談、会談、ご会食などについて、ご相談させていただきましょう」

「お手数をおかけいたします」

「また、お心づかいにてクリスタル市外にお待たせになっておられる二千の将兵、おってクリスタル・パレス内、ないしせめてクリスタル市内にお入りいただき、今夜のお宿のお手配などもさせていただこうと思っております」

「かたじけない。やたら大勢の人間を同道いたし、平和の折にまことにものものしきしだいかと気がさしますが、何を申すにも、われらにとりましてはグイン陛下こそ、ケイロニアの希望、すべての守り神にもひとしきおかたゆえ——お察しいただきたい」

「重々、重々。——ともあれ、あちらに、別室を設けております。そちらにて、グイン陛下と、お部下の皆様のみにて、どうぞ、お気がねなくごゆるりと再会のおよろこびを」

「有難うございます。——リンダ陛下、何から何まで、あつきお心づかいにあずかり、ケイロニアの臣一同、まことにもって恐懼にたえませぬ」

「とんでもない」

リンダはあでやかに笑った。

「わたくしも、いろいろとハゾスさまにお願いしなくてはならぬこともございます。わたくしとも、ぜひ、会食なさって下さいね」

「それはもう、こちらよりぜひにもとお願いせねばならぬところ」

「ケイロニアには、このあいだうちから、ずっとあれこれ御無理をお願いしっぱなしでしたけれど――ディモスさまにも、あれこれすっかり御迷惑をおかけしてしまいました」

「とんでもなきこと」

ずっと沈黙を保っていたワルスタット侯が、爽やかな白い歯を見せた。

「わたくしのほうこそ、女王陛下のお元気なるおすがたを拝したてまつり、まことに喜ばしく、胸のつかえもおりるようでございます。――いつお会いいたしましても、お美しくあでやかなる支配者でおられる」

「まあ」

リンダはうっすらと頬をあからめて微笑んだ。このところ、パロは財政難であるから、リンダもドレスさえ長いあいだ新調しておらぬようなありさまであるし、従って華やかな社交だの、舞踏会だの、といったはなばなしい場所も、パロではまったく縁のないようなところになってきてしまっている。そうして来る日も来る日もパロのすべての建直しと復興にばかり、心を砕いて朝から晩まで働いているのであるから、たとえこのような用件といえども、また、その者達の訪れによって、グインが帰国してしまうことは、リンダにとっては少なからず痛恨であったとはいえ、美男子ぞろいのケイロニアの使節団と、楽しく語り合ったり、お世辞をいわれたりすることは、若い女王にとっては本当に久しぶりのことであったのである。

「ごゆっくりなさっていって下さいね」

思わず、リンダの声が弾んでいたのも、無理からぬことではあったかもしれなかった。

「むろん、そのようなご事情では、無理強いはいたしかねますけれども、それでも、なるべく旅のお疲れも癒されて――楽しい御滞在になられますよう、パロも全力をつくしておもてなし申し上げますから。今夜はぜひとも、グイン陛下ともども私とお食事をともになさって下さいませ。ハゾスさま。ディモスさま、みなさま」

3

というようなわけで、パロがたのものたちはただちに、ケイロニア使節団の接待の準備、また二千人の軍兵たちの宿泊滞在の準備にてんやわんやになった。むろん前々から一応それなりに用意は進みつつあったが、いよいよそうやって大軍がクリスタル・パレスに入るとなってみれば、もとよりそのあわただしさは格別のものがあったのである。もっとも、それもまた、以前のクリスタル・パレスであったならば、なんとも思わぬような程度の饗宴や来客であったはずだが、人手も減り、なにかと手もゆきとどかず、備品もあれこれ不備になり、その上お金もこころもとない、とあるいまのクリスタル・パレスでは、二千人の泊まり客の面倒を見て、そしてケイロニアからの国賓を接待する、というのはそれだけで、天地がひっくりかえったような騒ぎになることであった。また、たくさんの、こういった事柄に熟練している料理人、女官長、執事頭、家令、接客係、などといったものたちもみんな、入れ替わってひどく若い、経験も少ない、田舎から出てきたばかりのような連中にかわってしまっているところも多かったのだ。

おまけに、いまのパロ宮廷の最大の悩みでもあれば最大の特徴でもあったのは、リンダとヴァレリウスが「このとき」とばかりに、昔のくりごとをのべたてたり格式や伝統をふりかざすお年寄りたちをしりぞけてしまったので、ものごとがやりやすくなったのはよかったが、その分、有職故実に通じたベテランたちは姿を消してしまっていた。リンダにせよ、だが、もうパロ宮廷ではすべてが新しくなったのだから、これまでの伝統など完全に無視していいのだ、というところまではなかなかふっきれなかった。かれらだけのときには、どっちみち、きちんと伝統を守るだけの人員も金もゆとりもありはしなかったので、それでいいことにもできたのだが、パロより歴史は浅くとも、いまや名実ともに世界一の大国として、それなりの格式を保っているケイロニアの重鎮たちを迎えてとなると、リンダにせよ、ヴァレリウスにせよ、あまりにもみすぼらしいことはしたくなかったのだ。それは、パロが長きにわたる戦乱ですっかり疲弊しつくして、すでに国家としての体をなしていない——事実そうだったかもしれないが——ということを、ケイロニアにあからさまに知られてしまうにひとしかった。

というわけで、クリスタル・パレスのものたちは一番上のものから、一番下っぱにいたるまで、みんなまなじりを決してかけずりまわっていた。幸いにして、ケイロニアの使節たちは、グインとの再会、という最大の出来事に夢中になっていたので、べつだんちっとも、パロ宮廷で接待されたい、などと思っていなかったので、かれらをひとまとめに別室へ送り込んでしまうと、それこそリンダまでがあれこれと直接女官たちに指図をはじめるほどあわてて、みなはパロ宮廷をあげてのもてなしの用意にかかっていた。

だが、ケイロニアからきたものたちのほうは、それこそ、ひとりとして、接待がゆきとどかぬ、などということを感じているいとまなどなかった。かれらは、まったく、それどころではなかったのだ。

「陛下——ああ、本当に陛下だ。陛下がおられる」

ハゾス、ディモス、それにトールとゼノンとあれば、互いにきわめて親しいものたちばかりであった——武官たちと文官たちとはそれぞれに多少立場は違っていたが、もともとケイロニアのものたちは、相当偉い連中でも、かつてのパロのようにむやみと格式ばったりせず、気さくで率直なのがよしとされていたのは、ご存じの通りである——それに、この組み合わせ——そのなかから誰かが抜けたり、違うものがいたりは当然したのだが——で何回も、パロに遠征したり、またグイン捜索隊をひきいての遠征にもおもむいたりしていたので、いわば何回も同じ強い目的のために、苦難をともにした、という強い親しみもあった。それゆえ、かれらは、ヴァレリウスらの心づかいで、広大な星辰の間から、案内されて、そのうらてのもっとずっと小さく親しみやすい『星稜の間』に案内されると、もう遠慮することはなにもなかった。

「本当に陛下ですか。——ああ、グイン陛下が、豹頭王陛下がここにこうしておられるのを、また見ることが出来るとは……」

「陛下、お会いしとうございました――このハゾス、ひたすら、また陛下にお会い出来る日だけを心待ちにいたしておりました」

「よかった――お怪我も大したことはなさそうだ」

ほかの副官たちは遠慮せよ、とハゾスが命じたので、星稜の間に落ち着いたのは本当に、重臣たち四人とそしてグインだけであった。水入らずになるなり、ハゾスはグインの手をとって涙にくれたし、トールは本当はグインの背中をどやしつけたいのを、グインが怪我をしているからというのでぐっとこらえていたし、ゼノンにいたっては、ようやくもう誰はばかることなく感情をあらわにできたので、声をあげて泣きながらしばらくグインの足元に平伏していた。

グインは複雑な気持のまま、四人にそうさせるにまかせていた。どちらにせよこのようなときには、彼の豹頭の無表情が役に立った――彼はまだ記憶も戻らぬままだったのだから、とうてい、かれらの感動をわかちあうわけにはゆかなかったが、しかし、それでも、かれらの喜びや愛情や忠誠がまごうかたなき本物であること、おのれが――ケイロニア王グインとしてのおのれがかつてどれだけ、この者たちに崇拝され、愛され、必要とされ、敬愛されていたか、をまざまざと感じることは出来た。それは、なかなかに感動的でもあったし、それゆえ、グインは四人それぞれの感慨ぶり、感動ぶりにひそかに時々心を揺さぶられたり、またちょっと困惑したりしながらも、ただ黙って、四人のものたちの感動の嵐が少しづつしずまるのを待っていたのであった。

だが、さしものゼノンでさえ、最終的には、涙をふき、恥ずかしそうに笑いながら、やっと気分が落ち着いて椅子に腰掛けた。そうなってからのほうが、ハゾスは、ひっきりなしに再会の喜びがこみあげてくるようすで、グインに一番近い椅子にすわり、またちょっとでも目をはなしたら、どこかに消えてしまいはせぬか、というような真剣なおももちで、かたときもグインから目をはなそうとしなかった。

小姓たちが飲み物を運んできて、そして、また立ち去っていった。グインは、これがどうやら、話を切り出すしおどきであろう、と悟った。かれらのようすからすでに、かれらの忠誠心も自分への愛着も、確実なものであることは知れていたし、そうである以上、グインは、かれらをだましたような結果にはなりたくなかったのだ。

「ともかく、本当に長いあいだ心配をかけてしまった。それに、アキレウス陛下のご病気のことをきいて、俺にせよ、それもまた俺の不在のせいかと思えば、まことに申し訳なさの一語につきる。——いや、待ってくれ、ハゾス」

グインは手をあげてハゾスを制した。グインの側からいえば、この四人にはいずれも「初対面」の気分であったのだから、それに向かっていきなり馴れ馴れしく呼び捨てにしたり、ずけずけと話しかけるのは、ためらわれるものがあったが、そうすべきだ、ということはわかっていた。でなければ、もっと、かれらは大きな衝撃を受けてしまっただろう、ということもだ。

「俺は、おぬしらに話さなくてはならぬことがある。――いつ、どのようにして話したものかとかなり迷っていたが、もうこれ以上、時をおかぬほうがよいと思って、おぬしらに話をするのだ。あらかじめ、なるべく早く、本当の事実を、知っておいてもらったほうがいい」

「は」

ハゾスも、トールも、微妙な表情をした。グインは言葉を飾らなかった。そのまま、ずけりと核心にふれた。

「あるいはヴァレリウスどのからなり、聞いているかもしれぬ。俺は、いま現在、ほとんどすべての過去の記憶を喪っている。――パロにやってきたのは、本来、この記憶の障害を治療し、おのれの記憶を取り戻すためだった。この左腕の負傷は、そこにいたるための、途中のいささか寄り道となったときについ負ったものだが、これなどはさしたることはない。このような傷は、時がたてば癒える、それだけだ。だが、記憶のほうは、そうはゆかぬ。――俺は、どうやらこのパロで、アモン太子とかいう怪物からパロを救うために、《古代機械》という奇妙なものを使った。それによって転送され、ノスフェラスにあらわれて、おそらくはその転送の副作用によって、俺は記憶を失ったらしい」

「陛下」

ハゾスが真剣な顔になって口を開いた。

「それは、われわれ一同、存じ上げております。——陛下があの転送による失踪にさいして、不幸にもご記憶をそこなわれたようだ、ということは、すでに、かの〈闇の司祭〉グラチウスからも教えられてもおりましたし、われわれはかつて、陛下が辺境にお姿をあらわされ、ノスフェラスにおいでになるごようすとうかがって、ただちに捜索隊を組織して、お迎えに参りましたが、そのときからもう、陛下がご記憶に障害を発していられる、ということは、我々はみな存じ、心配しておりました」

「しかし、いまこのようにお目にかかってみれば、どこにもそのような障害がおありとは、とうていこのディモス、考えることも出来ませぬが」

ディモスがやや不安そうに云った。トールは深くうなづいており、ゼノンはただ、明るい青い目を飛び出すほど見開きながら、黙って喋っている者を見つめているだけだ。

「なんとなれば、こうして目の前で拝見しておりましても、陛下の御様子には何ひとつ変わったところもおありになりませぬし——いや、もちろん、お怪我をおっておられるのは別といたしまして——なあ、ハゾス、陛下はどこも変わっておられぬ、そうだろう。いたってご壮健そうであられるし、それに……」

「ディモス」

ハゾスがゆっくりと首をふった。その端正なおもてには、かすかな苦笑めいた色が浮かんでいた。

「え？　そうではないか？」

ディモスはちょっとびっくりしたようすで、きょとんとハゾスとグインを見比べる。

ハゾスはこんどははっきりと苦笑した。

「こう申しては何でございますが――わたくしは、宰相、また陛下に恐れ多くも親友と云っていただいた者といたしまして、ディモスよりはもうちょっとだけ、素顔のグイン陛下について存じ上げているつもりでおります。――いや、むろん、この豹頭の下の素顔、という意味で申したのではございませんよ」

ハゾスはまた、思わず頬をゆるめた。

「そうではなく、くつろいでおられる陛下、ご本心をゆったりと披瀝される陛下、緊張されておられる陛下、決断される陛下、といったさまざまなグイン陛下について、ということでございますが。こう申しては何ですがもう、わたくしも陛下とは、陛下がダルシウス将軍に連れられて、傭兵としてはじめて黒曜宮にお目見得にこられて以来、けっこう長いおつきあいになっておりますから。――そのわたくしだから感じることかもしれませんが、おそらくは、トールも、またゼノンも同じように感じていることと思います。トールどのも陛下とのおつきあいは私同様長いのでございますから。確かに、陛下は、かつての陛下ではおられぬ」

「そう思うか」

むしろ、多少ほっとして、グインは云った。そして、やはり、ランゴバルド侯ハゾスには自身が信用するに足るだけの炯眼がそなわっている、とひそかに考えた。

「それはもう。――といって、どこがどう違っているとは申されませぬ。それにむろん、陛下は陛下でおられる。それはもう確かなことです。陛下は陛下以外のなにものでもおありにならぬ。たとえどのような名優であろうとも、決してグイン陛下をまねぶことだけは不可能に違いないと私はかねがね思っておりました。陛下は誰にも真似出来ぬ、独自の風格と申しましょうか、きわめて個性的な雰囲気をお持ちになっておられる。それはもう、ひと目見ただけでも、ひとこと、おことばをかわしただけでも、ああ、グイン陛下だ、豹頭王陛下がおられる、と思います。それゆえ、わたくしの、陛下とお目にかかれたよろこびは、陛下がそのようにおおせられたところで、また不幸にして陛下がご記憶にいささかのさしさわりがおありになったとて、陛下御自身のためにこそ心痛こそすれ、このわたくしにとりましては少しもかわるものではございませぬ。――と申して、また……」

ハゾスは、より正確に言い表そうと眉間にしわをよせて考えこんだ。

ディモスはちょっとびっくりしたように、その盟友を見つめている。ゼノンは、きわめて注意深くそのハゾスのことばをきいていたが、やはり何も口をはさもうとはしなかった。そして、トールは、ハゾスのひとこと、ひとことに深くうなづきながらこれもごくごく注意を集中して聞いていたのであった。

「そうですね——確かに、陛下は、ご記憶を失っておられるのですね。——でも、私どものことは、知っておられる。それはでも、こう申しては何ですが、おそらく、あらかじめ、ヴァレリウスどのなりから、聞いておられたのでしょうね？　陛下が最初に私どもひとりひとりにお声をおかけ下さったときには、ほんのちょっとですが、よそよそしい、と申しましょうか、はじめて見るものに対するような、へだてのある感じがいたしました。注意深くないものでしたら気付かぬ程度のものでございますし、またもちろん、長年の別離のあと、また場所もよく馴染んだところではない、このような、よその宮廷の謁見の間でそこの女王陛下以下の一同に見守られながら、というようなことでございますから、普通の人であれば、かたくなったり、緊張したりするほうがむしろ当然かもしれませんが——しかし、陛下に限っては、そのようなことはありえない、とわたくし思っておりますから」

ハゾスは笑った。

「それで、おやと思ったのかもしれませんね。——私の知る限りでは、陛下はいつも、どのようなところにおられようと、まったく変わらない態度でおられる唯一のかたです。

それゆえ、私は思ったのでした。ああ、やはり、陛下はご記憶を失っておられるのだ、と。――それゆえ……」

ハゾスはちょっとおもてをひきしめて、グインを、覚悟を決めたように見返した。

「陛下はたとえご記憶をそこなわれようとも、おおもとのご性根が変わられることはないのだろうと私は思います。陛下はもとよりきわめて信義にあつく、情深いおかた、その情と条理のためならば、命をもおかけになるようなおかた――その陛下として、記憶を喪われた、と私どもにおっしゃることは――そしてまた、その状態で、ケイロニア王として、ケイロニア宮廷に復帰することは、きわめて、しのびない、と陛下はお考えになっておられたのではございませんか?」

「………」

グインは、ちょっと感心して、ハゾスを見つめた。

グインとしては、むしろもうちょっと、おのれが記憶を喪っているものかどうかについての疑惑や論議などがかわされて、そののちにやっと、そのような話にすすめるのではないか、と予想していたのであった。だが、ハゾスは、そのような面倒な前段階はあっという間にふりすてて、まっしぐらに、話の核心に飛び込んできた。それはまさしく、このような明敏さと軽快さがあればこそ、この若さで大ケイロニアの宰相なのであろう、とグインにあらためて思わしむるものがあった。

「そうだ」

ゆっくりと、グインはハゾスを見つめたまま答えた。

「その話は、いずれ俺は——まずはおぬしと二人で腹をうち割って話をしたほうがよいのではないかと思っていた。これはきわめて重大なことだろうと思う。俺にとっても、ケイロニアの将来にとっても。——ほかのものは……」

「その御心配はいりませぬ」

すばやく、ハゾスが答えた。

「ご記憶をそこなっておられるとあるからは、おそらく、この者たちについてのご記憶もございますすまい。また、たとえヴァレリウスどのやマリウスどのからお聞きになっていたとしても、それはあくまでもまた聞き、陛下のようなおかたは、御自分の目で見、御自分の経験によって知っておられることをしか、ご信用なさらないかと存じます。——しかし、ここにおりますものたち、ディモス、トール、ゼノン、この者たちは、陛下がいずれもかつて、わが右腕、左腕としてご信頼なさっていた者たち——恐れ多くもこのハゾスには、それにまさる信頼をおかけ下さり、親友とお呼び下さいました。しかしながらトールは長年にわたり陛下の副官として、数々の苦難をともにした武官、そしてゼノンは大ケイロニアあまたある武人のうち誰よりもまして、陛下を崇拝する陛下の一の部下、ディモスはこのハゾス同様陛下のおそばにて執務させていただく選帝侯、この

されば重畳」

者達をお人払いなさる必要はございませぬ。どのようなことでも、ためらわずおおせ下

「ならば、俺も率直に言おう」

グインはうなづいた。どのみち、おのれに向けられる真率な目の表情を見ただけでも、ずいぶんと、グインのなかでは、（この四人は、少なくとも絶対に信用できるものたちだ……）という思いが、すでにかなり確定していたのだ。

「確かに俺は記憶を失っているし、このままの状態でケイロニアに戻ることが正しいのかどうか、深くうれえている。それをおそれるあまり、正直に言おう、かつて、ユラ山地で、俺はせっかく迎えにきてくれたおぬしらを出し抜いた。あえてそれだけとは云わぬが、最大の理由はそれだった。この記憶を失った俺がケイロニアに戻って、諸卿や義父を失望させるだけならばまだしものこと、もしやして、口さきうまく俺を騙す悪党に近づかれたとしても、俺にはそれが悪党であるか、それともまことを述べているのか、知る術がないのだ。――私はあなたのもっとも信頼していた右腕であるゆえ、おのれを信頼してすべてを預けよと云われたとき、俺がどのような危険に立たされることとなるか――それは想像しただけでも恐しい」

「いやいや」

思わずハゾスは笑い出した。いくぶんほっとしたように、ディモスも頬をゆるめる。

だが、ゼノンとトールはおそろしく真剣な顔のままだ。

「陛下がそのような、誰かの口車にのせられたり騙されたりなど、そのようなことは想像さえもつきませぬ。現に、陛下はこう申しては何でございますが、私どもをごらんになるなり、もはや、私どもを信じてよいものかどうか、ご自分にてしっかりと判断されておられるとこのハゾス、思いますぞ」

「それはそうだ」

グインは苦笑した。

「だが、おぬしらのような、れっきとした、氏も素性も知れている大貴族、大将軍たちならばよいさ。そうでなく、俺が案ずるのは、魔道師だの、あるいは詐欺師だのといった、口さきによってひとをたぶらかすのをなりわいとするようなやからのことだ。——そうした者どもは、かえってきわめて口さきもうまく、また見かけも篤実そうに装っていよう。また、そうでなくとも、これから先、すべての記憶を失った俺には、覚えなくてはならぬことはあまりにも多く、そしておのれでは判断のつかぬことももまた、おそろしいほどに多い。それを思えば——まだ、いまの段階でさえ、俺は、おのれがケイロニアに戻ってよいものかどうかわからぬ。おそらく、アキレウス大帝はどれだけか失望され、落胆され、俺のことを見限られよう……」

「何をおおせになります」

驚いてハゾスは叫んだ。

「たとえ、陛下が腕一本、足一本、失われようとも、あるいはクリスタル大公、いや聖王ナリス陛下の如くにそのすべての力を喪われようとも、そのようなことで、アキレウス陛下が陛下へのご愛情をそこなわれるとお考えか。ならば、それこそは、ご記憶を失われたがゆえの最大の誤解というものです。アキレウス大帝の、陛下へのご愛情は、決して、陛下がケイロニアにとり有用であるから、この上もなくその武勇と人望により、ケイロニアのためになるから、というような、功利的なものではございませんぞ。陛下におかれては、グイン陛下はおのが血肉をわけたよりもさらに身近にして最愛のわが息子、わが子が心身の難儀にかかるのを、案じこそすれ、それによって息子をいとう親がおりましょうや。現にアキレウス陛下は、グイン陛下のお行方を案ずるあまり、おんいたつきの床につかれるほどに、陛下を待ちこがれておられる。グイン陛下は、ただそのお顔を見せられただけでも、アキレウス陛下のためにはどのような名医の薬にもまさる最大の治療薬となられるのでございますよ」

「何もかも忘れ、恩義も、また恩愛も忘れ去った愚かな役立たずとお考えになりはせぬか」

「それは、アキレウス陛下へのあまりにも望外の失礼と申すもの」

強く、ハゾスはさえぎった。

「また、さきにも申しましたが、わたくしどもにとりましても同じこと。陛下は、わたくしどもが、陛下が我々への記憶を失っておられることで失望したり、あるいはおのが忠誠を疑われた、そこなわれたと感じるだろうと考えておられますか。私どもは、たとえ陛下がまったく私どもの忠誠をご存じなくとも、いつなりと陛下のおんためにこの一命を投げ出すべく、剣の誓いをたてた者たち、このとおり、ご覧下さい」

素早く、ハゾスはおのれの帯びていた、礼装用の式剣をぬきとった。このような、外国の君主に直接対面したり、外国の宮廷での儀礼にさいするときには、武人であろうとも、刃をたてず、武器としては役にたたぬように細工された式典用の礼装用の剣をおびるのが、中原のまともな国家のならいである。

ハゾスは剣をさやごと剣帯から抜き出し、それをおのれのほうに剣先を向けて、柄をグインにむけて差し出して素早くひざまづいた。

「わが忠誠にいちるなりともお疑いきざし給いしときには、いつなりとも、この剣を押し、わがいのちをとり給うとも、異をたつることよもあらじ。わがいのちはわが剣の主のものにして、ケイロニア王グイン陛下すなわちわが剣の主なればなり」

真剣な瞳で、グインを見上げるハゾスを見て、グインは、その剣を受取り、くちづけしてぐるりと反対側にまわした。

「ランゴバルド侯ハゾスの剣とその忠誠、しかと受け取った」

それをきくと、たまりかねたように、ゼノンも、トールも、ディモスも、次々と剣の誓いをおこなった。感じやすいゼノンの目にはまたしても、大粒の涙がふくれあがっていた。

4

剣の契りがかわされてしまうと、だが、グインもずいぶんと肩の荷をおろしたようなおももちになったし、四人の忠臣たちもまた、ずいぶんと気が楽になったようであった。

「これで、おわかりいただけたと思ってよろしいでしょうか？」

ハゾスが云った口調も、ずいぶんとその前よりもくだけたものになっていた。

「少なくとも、他のものはどうあれ、われら四人についてのみは、陛下は何ひとつ、そのご記憶の障害についても、余のことにつきましても、ご案じになることも、お迷いになることもございませぬぞ。どうか、何もためらわれることなく、まことのお心のすべてをわれらにお打ち明け下さい。われらも、陛下のお心を少しでも軽くするためのみに——よしんばそれが……このようなこと、まことは、ケイロニア宰相たるわたくしの申すべきことではございませぬが、いまの場合はかまいませぬ。もしそれがケイロニアの国益に反するとしてさえも、それが、陛下のみこころを軽快せしめ、ご記憶をとりもどすに力あるとあれば、われらはそれをがえんじるでございましょう」

「忝ない」

グインは思わず云った。が、それから、ハゾスの顔が微妙にかげったのをみて、言い直した。

「すまぬ、ハゾス。俺はまだ、おぬしらがもっとも忠誠でもっとも俺の身近にいた臣下たちなのだ、という考えに、馴れることが出来ぬのだ。俺のいまの意識は——俺は、ノスフェラスの砂漠で目ざめ、どこからきたかも、何をしてきたものなのかもわからぬ風来坊として、いっさいの記憶を失ったまま覚醒した。ノスフェラスの砂漠にすまうセム族、ラゴン族なる蛮族たちに助けられ、その者たちがこの俺を《リアード》と聞き慣れぬ名でよび、俺をこの砂漠の王と称するのにいたく面食らった。——それから、だが、ただの一人も例外なくこの俺をかれらの王として遇するのをみて、これは全員で俺をかつごうとしているというのではなく、やはりもしかして、俺はかれらのいうとおり、この砂漠でなんらかの業績をなしとげて王になった人間であったのかもしれぬと思うようになった。——だが、この砂漠で蛮族の王として、一生を送るにたえず、ひきとめるかれらを振り切って、ケス河を渡った。——その折に、ゴーラ王イシュトヴァーンと偶然出会い、彼とたたかい——また、アルゴスの黒太子を称するスカールと出会い——みなが、こんどは、俺をケイロニアの豹頭王グインと呼ぶことにまたしてもいたくとまどった。かれら、ほかのものたちもだが、人々が語るさまざまな事例をきくにつけ、いったい、一人の人間にこれほど多くのことを、それほど短時間になしとげることが可能であろうかと惑われてならず——俺はだが、おのれがいったいなにものであるのか、じっくり考えるいとまもなく、またいくら考えたところでまったく結論も見いだせぬままに、あわただしく運命の変転におされてここまできてしまった。ユラ山地で山火事とたたかい、あやしき魔道師の手妻によって命を助かり、また不思議の城にも迷い込み、快楽の都と呼ぶタイスでの奇々怪々な冒険をも経た。そしてオロイ湖をわたり——パロの宰相と名乗るヴァレリウスに助けられて九死に一生を得、こうしてパロ、クリスタルの都にいたったわけだが、その間、俺が信じることのできたものは、俺がこのごくごく短いあいだにこの目、この耳で見聞きしたものだけであった。——それゆえ、ハゾス、俺は、いまだに、俺がまことにケイロニアの豹頭王グインと呼ばれる人物なのだろうか、そして、人々が口々によばう、この俺がなしとげたという業績というのは、まことのことなのだろうか、という疑惑を拭い得ない。確かに俺は豹頭だ。だが、もしやして、他にもそのような者がいるのではないのか？　確かにグイン、という名は俺の名らしく俺の胸にひびく。また、いくつか、ほんのいくつかかすかな手がかりがあった——俺にとって記憶のよすがとなる、ごくごくわずかな手がかりだ。そのひとつは、吟遊詩人マリウスと出会ったとき、『確かにこの男は、俺の人生に大きなかかわりのあった人間であり、よく知っていたものだ』と感じることが出来たこと。——また、ひっきりなしに頭のなかになぜかひびいていて、そのことばをきくたびに何かが俺のなかでうごめいていたゆえ、俺にとっては記憶を取り戻す唯一のよすがと思われた、『パロの女王リンダ』という名をたよりに、ここまでやってきてみて、そのリンダ女王と対面したとき、マリウスと対面したときに起きたようなざわめきはこの胸には起こらなかったが、そのかわり、もっと深く確かな、互いに、互いがきわめて重要な存在であると感じるを得たこと。――いずれにもせよ、それらのごくごくわずかな感覚だけが、この俺を、確かにこの地上につなぎとめてくれてはいる。だが、それもまた、疑えば疑える程度の感覚のゆらぎにすぎぬかもしれぬ……」

「いや……陛下、それは」

さえぎりかけて、ハゾスはちょっとすまなさそうに首をふった。

「陛下のお話をさえぎってしまいました」

「かまわぬ。聞かせてくれ」

「その、マリウスさま、リンダ女王陛下とお会いになったときに起きたそのような感覚が、わたくしどもとお会いになったとき、引き起こされなかったとすれば、それはわれわれにとってはまことにくちおしくもあり、無念でもございます。しかし、マリウスさまは陛下にとっては義理の兄ぎみでもあれば、長いあいだ、御一緒に旅してこられた親友でもあられました。事実、陛下が最初に、一介の傭兵としてケイロニアの都サイロンにあらわれたときには、マリウスさま、そしてイシュトヴァーンと御一緒だったと承っております。そしてまた、さらにその前に、ルードの森に陛下がはじめて出現されたとき、最初にごらんになったのが、すなわち、パロの聖なる双子、《パロの真珠》リンダ姫とレムス王子であったとか。それだけのきずながおありになれば、それはむしろ、感覚がないほうが不思議、それがあって当然のことと存じますが」

「そうかもしれぬな。だが、それ以外の人間関係は、俺はすべて、この——ノスフェラスで記憶を取り戻してのちのものしかなく、その後の出会いをもとに作ってきたものばかりだ。それゆえ……どうも、俺が恐れているのは……」

「はい」

「俺があらたに作った、その、ノスフェラス以後の人間関係、というものが、どうも——それ以前の関係と、いささかの齟齬をきたしているらしい。まさしく俺が恐れていたのもそのようなことであったのだが」

「と、申されますと」

「具体的にいえば、ひとつは、いずれおぬしらにとっても多大の迷惑とならずにはおかぬであろう、俺の同道したある母子の話だ。もう、ヴァレリウスから、あるていどは耳にしているかもしれぬが、とんでもない氏素性をもつ母子と俺は縁が出来、そしてその母子を救うためにさまざまなこともしたし、結局このクリスタルにもともなうことになったのだが――」

「うけたまわっております。もとアムネリスの女官フロリーどのと、その一子小イシュトヴァーン――ゴーラの知られざる王子イシュトヴァーンどのの話でございましょう」

「そうだ。俺にとっては、かれらと知り合い、そしてここまで同道したのは、ごく自然のなりゆきでしかなかったのだが、結果として、それはパロにも、またひいてはケイロニアにも大きな迷惑をかけるみなもとになりつつあるらしい。俺とてもそれがわからぬわけではないが、しかし――」

「それについては、いずれ私も、ヴァレリウスどのとも膝をまじえて親しく話をして、決着をつけなくてはならぬと感じていたところでございましたよ」

　ハゾスはうなづいた。

「まだ、私も又聞きの情報が多うございますし、その母子、ことにその幼い王子というのとも、対面はさせていただいておりませぬ。それゆえ、うかつに、推測や推量、また予測でものをいうことは避けたいとは思いますが、ヴァレリウスどのの話や、私どもの間諜の報告によれば、ずいぶんと、さきゆき中原に波乱をまきおこしそうな――まだごく幼いうちから、早くも大いなる帝王の素質を内包している鳳雛だそうでございますね」

「ああ」

深く、グインはうなづいた。

「俺は、スーティこそは、いまに中原に平和をもたらしてくれる運命の子ではないかとさえ思っている。——本当のことをいえば、俺は、まるでわが子のようにこの幼い子供がいとしくてならぬのだ。そのために、いささか俺は判断も狂ってしまっているかもしれぬ——だが、それは許してほしい。俺にとっては、記憶を失った俺にとっては、それまでに作ってきた人間関係や過去のきずなはすべて消滅しているのだ。スーティは、この俺にとっては、記憶を失ってから、最初に出会った、愛すべきものであり、そして俺を頼りにし、俺が庇護してやらなくてはそのいのちの火があやうくされるかもしれぬ存在だったのだ。——俺は、おのれの養子にしてもよいとまで思った。というより、そうすればすべての問題が解消しはせぬかと思ってもいる。だが、俺にわからぬのは——いまのこの記憶を失った俺にわからぬのは、それが、本当の、ケイロニア王としての俺の立場には、どのような影響をもたらすのか、また、俺がそのように記憶を失ったときのままでふるまうことが、中原全体の国際情勢にどのような波乱を及ぼすのか、ということだ。それを考えると——ますます俺はにっちもさっちもゆかぬ思いになる」

「それは、でも、私どもがなんとかいたしますよ」

ハゾスは気楽に請け合った。

「もしもそれほどすぐれた帝王の器であられるのでしたら、それこそ、ゴーラとの交渉ひとつで、陛下がご養子になさることとて、なくはございますまい。しかし、むろん、そんな子供がいると知れば、イシュトヴァーン王とても放ってはおきますまいけれども。いずれにもせよ、それは私どもがなんとかいたしますよ。どうぞ、御心配あそばしますな。私どもは、そのような面倒ごとをなんとかするためにこうして参ったようなものでございますから」

「おぬし」

思わずグインは云った。

「ずいぶんと、頼もしいな。——というか、本当にそれほど信じられる有能な人間なのか、それとも安請け合いしているのか、こうして目の前でおぬしの人柄を見ているのでなかったら、あやぶんでしまうほどに、おぬしがいうとものごとが簡単に聞こえるが。ヴァレリウスはすっかり頭をいためているようだぞ」

「それはもう、わたくしも、ケイロニアの宰相をうけたまわって、それなりの年月がたっておりますから」

平然とハゾスは云った。

「最初は、あまりに若すぎるといってたいそういじめられたものでございますから。ですから、ヴァレリウスどのには、ご同情にたえませんよ。よほど、じいさんたちはいなくなってしまったとはいえ、パロですからねえ。しかも、それで、見るからにいまのパロの宮廷は人手不足、人材不足のようでございますしね。それに何と申しましても、ヴァレリウスどのはもともとが魔道師で、政治家ではございませんのでしょうし」

「おぬしと話しているとなんだか、なにごとも大したことがないように思えてくるな」

グインは笑い出した。

「そうやって、おぬしはこれまでも俺を補佐してきてくれたのか。だとしたら、これからも、おぬしがそうしていてくれれば、俺は何があっても安心というものだな」

「とんでもない。わたくしは、常日頃、いつもいつも陛下にお助けいただき、陛下にお教えいただき、陛下のおかげをもちまして、無事にこうしてつとめて参ったのでございますよ」

「そんなことはない。——だが、それでは、もうひとつの難儀のほうだ」

「それも見当がつく気がいたしますが。マリウスさまでございますか」

「いや」

グインはいくぶん意外そうに云った。

「マリウスのことは、俺は知らぬ。というか、こういってしまうと無責任なようだが、それはマリウスの問題だし、パロの問題だし、ケイロニア宮廷の問題だ。お前もケイロニア王ではないかと云われてしまうとそれまでなのだが、それはだから、俺はいまのところ、まったくそのような微妙な国際情勢にくちばしをはさめるような知識も、判断力も持ってはおらぬのだから仕方がない。それに、そういうことは、おぬしたちのほうがよく処理してくれるだろう」

「さようでございますか——では、もうひとつ、と云いますのは」

「ブランのことだ」

グインは云った。

「ブラン、と申しますのは」

「俺とクムで知り合い、タイスでの冒険行をともにし、いくたびか俺をよく助けてもくれた、傭兵スイランと名乗っていた男だが、この男は実は、ゴーラの宰相カメロンの密偵であり、カメロン直属のヴァラキア兵による親衛隊、ドライドン騎士団の副団長という勇士だった。フロリーにイシュトヴァーンの一子がいることを知ったカメロンの密命をうけて、スーティを取り戻すために俺たち一行をたずねあてて、本性を隠して近づいてきたのだが、その後俺に剣の誓いをしてくれる間柄となり、また、スーティに対しても強い愛情を持ってくれるようになって、その結果パロに入るのを避けてゴーラに戻っていった。ゴーラに戻れば、さきほどの話の続きのように、パロにも、ひいてはケイロニアにも難儀をもたらすことになろう、それでは申し訳ないからと、俺に斬られようとさえしたのだが、最後に、俺に、自分はゴーラに戻ればすべてをありのままにカメロン宰相に報告することとなる、と言い残して去っていった。——ヴァレリウスは、それをきいて、ブランを葬り去るか、あるいはせめて監禁したいといったが、俺はそれをするならば、ヴァレリウスの敵になる、と云った。――だが、それは、おそらく、ノスフェラスで生まれ出た、以前の記憶のない俺の云ったことだ。もしも、記憶がすべてそのままにあったとしたら、俺がブランに対して、どのように行動したかは、それはいまの俺にはわからぬ。わかりようがない」

「それは……確かに……」

「だが、俺はブランを殺したくない。また、監禁して、洗脳させたりもしたくない。といって、ブランがゴーラに戻れば、おそらくイシュトヴァーンは、さきにいったとおりフロリーとスーティとを取り戻しに兵を出し、パロにむけることになるかもしれぬ。――それについては、俺は、どうしたらよいのかわからぬ。おぬしらの知恵を借りたいと思う。――わかるか、ハゾス、ディモス、ゼノン、トール」

グインは、口重く、皆を見回した。

「記憶を失っている、というのは、俺個人の障害であればまだよい。俺のような立場の人間が、記憶をすべて失ってしまっているというのが、どのようなことかわかるか。こうした判断についても、俺は、もう、以前と同じように結論を下すことが出来なくなっているだろう、ということなのだ。それが俺は恐しい。――もはや、パロに戻ったことが明白になった以上、いまからまた、おぬしらの目をくらましてどこかに逃亡するのはあまりにもあまりだと思って、こうして、逃げもせずにおぬしらとの再会を迎えることにした。だがその一方で、俺は不安でならぬ。俺がまだ思い出しておらぬこと、俺が知らぬこと、本当はかつての俺だけが知っていたこと――そして、それを知っていなくてはかなわぬようなこと、そうしたものが、どれだけたくさんあることだろう。そして、それが、そのたびに、どれだけ俺をまどわせ、苦しめることだろう。――俺ひとりがまどい、苦しむのであったらまだよい。だが、それがもしも、俺の愛する――いまあらたに絆を結んだ者達、スーティやブランやマリウスやリンダに対してなんらかの苦難を呼び寄せてしまうことになったら。それとも、俺がかつて愛していて、そしてかれらもかわらず俺を愛してくれている者達――おぬしらのようなケイロニアの忠臣たちや、俺のいまだまみえぬアキレウス陛下、俺の――俺の妻だというケイロニア皇女……」

思わず、一瞬、ハゾスがたじろいだ。

ちらりと、ハゾスとディモスが目をみかわすのを、グインは見たが、それについては何も云おうとしなかった。そのまま、グインはなにごともなかったかのように続けた。

「ケイロニア皇女シルヴィア姫、そしてケイロニアの国民たち――それらの上に、俺の記憶喪失が、何か多大な迷惑を招き寄せることになったら？　現に、俺にとっては、スーティもブランも、いまの俺にとってはとても大切な存在だ。それとの絆を失うことはとても出来ぬほどの。だが、俺がその絆を持ったことで、このようにパロにもケイロニアにも、迷惑がかかっているのだ。それを思うと、俺は」

「陛下」

ハゾスはきっぱりと云った。

「陛下のご懸念はすべて、このハゾスよくわかりました。御心配下さいますな。わたくしが、なんとかいたしましょう。そのブランどのというゴーラの騎士を、陛下は、殺したくないのでございますね？　しかし、そのままにしておいて、ゴーラの騎士がゴーラに入り、カメロン宰相に報告すれば、当然それはイシュトヴァーン王の耳に入り、禍をパロに招き寄せるのでございますね？　よろしゅうございますよ。わたくしがゴーラと交渉いたしましょう。つねづねアキレウス陛下とも、また十二選帝侯会議でも話題に出ておりましたが、わがケイロニアも、そろそろゴーラ王国について、態度を最終的に決定しなくてはかなわぬところ——これまでは、つねに、まったく、無視する——まだ、れっきとした国家というよりは、野盗、海賊あがりのごろつきどもが集まって国家を称し、伝統あるゴーラをのっとってゴーラ王国を僭称しているだけのこと、という扱いを貫いておりました。したがって、ゴーラとケイロニアのあいだにはむろん、いまだに国交も開かれてはおりませんし、それは、パロも、クムも同じであります。中原のいずれの国家も、既存のものはことごとく、ゴーラ王国を、対等の国家としては認めない——その成立のよこしまなるなりゆきをもって、あくまでもこれは成り上がり、モンゴール大公アムネリスの夫となった野盗あがりの殺人鬼が、その武力を用いて強引に国家としてのかたちをとろうとしている、とのみ扱ってきております。それに対しては当然、イシュトヴァーン王、またゴーラの中枢部の反発は多大なものがございます」

「む……」

「しかし、いつまでもこのまま、そうやって無視しつづけるわけにもゆかぬ、ということは、わたくしは、かねがねアキレウス陛下にも進言しておりましたので。――その国家としての成立に疑義あり、として、敵対の宣言をするにせよ、また、これまでのいきさつは大目に見るとして、通商条約、和平条約、相互不可侵条約を結ぶか、いずれにもせよ、そろそろ、ゴーラとの関係は、中原のなかでも、なんとかきちんと改善されぬわけにはゆかぬころあいになってきていると思われます。そして、わがケイロニアがゴーラに対して、このような立場をとることにした、と態度をもって示せば、当然、それは中原全体に絶大な影響を与えましょう。クムも、またパロも――パロはいろいろとゆきがかりもありますから、いろいろまたひっかかりもございましょうが、ほかに沿海州諸国も、草原諸国も、またタリアなど自由都市も、ケイロニアがゴーラを認めると宣言すれば、同じくゴーラを中原の一員として認めざるを得ず、逆にケイロニアがゴーラを認めぬ、と宣言すれば、一丸となって、ゴーラなどという王国はない、あくまでも、モンゴールの大公アムネリス、及びついに絶えた旧ゴーラ皇帝家のサウル皇帝の血筋でなくては、ゴーラ王国も、モンゴール大公領も継ぐことはかなわず、それ以外の人間が王国を僭称したとすれば、それは簒奪者である、という立場をとることになりましょう。――それしだいでは、中原にまたしても一大戦乱の嵐が吹き荒れることになる可能性もございますが、それにつきましても、まあ――ま、大丈夫でございますよ。ケイロニアは、無敵でございますからね。……とはいうものの、むろんわたくしひとりの一存にて運べるような話ではございませんから、これは、やはりサイロンに戻ってから、グイン陛下、アキレウス陛下、そして十二選帝侯会議も含めての結論になることではございますが」

「ふむ……」

「どう、なさいました」

驚いたように、ハゾスはいった。

「なぜ、そのように、ごらんになりますので。なんだか、珍しいものでもごらんになりますように」

「なるほどな、と思っていたのだ。――俺は、ノスフェラスで目ざめてから、セムの長老、ラゴンの長も見たし、また、そののち、ゴーラ王イシュトヴァーンとも出会った。また、アルゴスのスカールどのだの、そしてまた、タイスの支配者であるタイス伯爵タイ・ソン、そして、クムの大公タリクも見たことは見たのだが……なるほど、大ケイロニアというのは、大国なのだな。そして、大国にとっては――ものごとはすべて、小国とはまるきり、違うように運んでゆくものなのだな、というようなことを考えていた」

「まあ、いささか、大国のおごりというようなものはあるかもしれませんが」

ハゾスは困ったように笑った。

「しかし、とにかくいま、さしあたっての私どもケイロニアの臣の最大の問題は、なんとかして、グイン陛下に一日も早くサイロンにお戻りいただくことと、そしてまた、アキレウス陛下に一日も早く本復していただくこと、そして、グイン陛下にも一日も早くご記憶を回復していただくことですよ。——失礼ながら、それ以外のことは、イシュトヴァーン王の隠し子であろうが、隠し妻であろうが、ゴーラの騎士であろうが、……まあ、こうなってみますと、正直いいまして、ササイドン伯爵の問題とても、さしたることではございませんですねえ。どうでもいい、とまで云ってしまいましては、マリウスさまに失礼にあたるのでしょうが。本当に大切なのは、いまいったことだけですよ！　だから、私どもは、ひたすら、そのために全力をあげたいと思い、そのためにこうしてクリスタルまではるばると夜を日に継いでやってまいりました。陛下がお心を悩ますことがおありなら、それをすみやかに取り除いてさしあげ、そうして、私どものその難題、つまりグイン陛下になるべく早くサイロンにお戻りいただく、という課題を実現するのが、私どもの任務です。もう、それについては、お心を悩まされませんよう。すべては、この私どもがお引き受けいたしますよ。そうだろう、ディモス、トール、ゼノン」

「おお、もちろんです。ハゾスどの」

「確かに」

「さようでございますね……」

「というようなことですから」

ハゾスは笑った。

「陛下が他にもご懸念になることがおありでしたら、なるべくすべてお聞かせ下さい。とにかく、このさいなんでも私どもが片付けて、そしてなるべく早くサイロンに向かわなくては。アキレウス陛下も、どんなにか首を長くしてお待ちでしょう」

第三話　ヤヌスの卵

1

「私が三つ、手を叩く音がいたしましたら、ゆっくり、目を開いてごらん下さい、陛下。もう、術はとけております」

ヨナの声と同時に、三回かるく手を打つ音がした。グインは目を見開いた——体じゅうが、鉛のように重たくなったような気がして、まぶたをあげるのも思うにまかせぬ倦怠感がわだかまっている。

「お目がさめましたか？」

ヨナがのぞきこんでいた。周りの壁は薄い灰色で、何の柄もない。それは、わざわざ、この施術のために、目を刺激せぬ灰色の布でおおいつくされた、治療のための一室であった。

「いかがでございますか？」

せきこんだ、ハゾスの声がした。のろのろと、グインは片手を持ち上げようとした。少しづつ、止まっていた血流がよみがえってくるのが感じられた。

「ウム……」

「まだ、御無理をなさいませんように。とても深く術をかけたのです。まことであれば、意識がはっきりと戻り、体の状態がもとに戻りますのに、もうあと一ザンはゆっくりお休みいただいたほうがよろしいところです。術がききやすいように、お飲みいただいた薬にも、からだが痺れる効果がございます。――陛下、もし、お飲みになれるようでしたら、これを召し上がって下さい。血行をうながし、術の効果をとくききめがございますから」

口に何か、吸呑みのようなものがさしつけられる。グインは、素直に、それを飲んだ。さわやかな、薄荷の味のきいた飲み物がのどに流れ込んでくると同時に、少しづつ、

「ウーム……」

正気が戻ってきて、現実世界に引き戻されてくるのがわかる。

「グイン」

リンダの声も聞こえてきた。目もまた、まるで生まれたばかりの子豹のように、眼球の外側に薄皮をでもかぶっているかのようであったが、少しづつ、グインの目には、周囲の、心配顔でのぞきこんでいるものたちの顔がうつって来はじめていた。

一番手前に、仰向けに寝かされているグインの頭の両側から覗き込むようにしているのはヴァレリウスとヨナだ。ヨナは白衣に身をつつみ、口もとをも白い布でおおって、目だけを出している。ヴァレリウスのほうはいつものとおりの魔道師のマント姿だ。

その横に、ヴァレリウスの側に、リンダと、そしてハゾスとトールの顔が見分けられた。ディモスとゼノンは、あまり大勢で治療室に入ることをはばかったのか、姿が見えない。

「うむむ……」

グインの口から低いうなり声がもれた。からだを起こそうとして、グインはまたちょっと呻いた。傷ついている左肩に微妙にびりびりといたみが走ったのだ。

「どこか、不都合がございましたか、陛下？」

すぐに、ヨナが見てとって声をかけた。グインは首をふろうとした。頭から上と手足のさきがことに重たく、鉄でも詰められているかのようだったが、やっと、そろりそろりと持ち上げることが出来るようになってきはじめていた。

「不都合ではないが、いささか肩が痛かっただけだ」

グインは喋ろうとした。だが、その声は、どうやら、のぞいているものたちにはあまりよく聞き取れなかったらしい。それもその筈で、その声は、まるで、グインが――当人はそうとは知るすべもなかったにせよ――ルードの森ではじめてリンダとレムスとの前にあらわれたときをリンダに思い出させるような、くぐもってはっきりとしない、おのれの口蓋や口のなかの構造の使い方を知らぬかのような声だったのだ。

「なんだか、からだじゅうがおのれのものでなくなってしまったようだな」

グインはまた、云おうとこころみた。ヨナが、もう一度、吸呑みからさきほどの薄荷の香りのする飲み薬を飲ませてくれた。ヨナの部下であるらしい、医者とも魔道師とも学者ともつかぬ灰色のトーガをつけたものたちが、四、五人がかりで、グインの投げ出された手足の先端からからだの中心にむかって、ゆるやかに摩擦をくりかえし、血行をよみがえらせようとしていたが、グインはほとんど、まだうっすらとしかそれを感じることが出来なかった。

が、少しづつ、少しづつ、意識も、また感覚もよみがえってくる。それにつれて、まるで、痺れて感覚がなくなっていた足に血行がもどるときのような、おそろしくむずがゆい感覚が全身のいたるところを何万本の針で小さく刺しているかのようにちくちくとグインを刺激しはじめていた。

「ウーム、これはたまらぬ」

グインは弱音を吐いた。今度は、前よりも明瞭に音声を発することが出来たので、人々にも、そのことばの意味は少しわかったようだった。

「陛下、お苦しゅうございますか?」

「なんだか、様子がとても辛そうだわ。まさか、あの薬の毒が残っていて、おかしなことになっているのではないのでしょうね？」

ひどく心配そうなリンダの声が、声が高いせいか、ざわざわとしているひとびとの気配を圧して耳のなかに届く。

「たいへん強い毒でございますので、多少はその影響はございますよ。しかし、解毒いたしておりますから、まもなくその影響はすっかり消えます。さきほど申しましたように、普通人であれば今日半日近くは、そっと寝かせておいて、それから解毒にうつるところですが、陛下はさすがにとても体力がおありなので、こんな短時間でお目をさまされました。そのせいで、よけい、一気に血が戻ってくるのがおつらいのだと思いますが、血がすべてにゆきわたれば、何も御心配はいりませぬ」

「大丈夫なのでしょうね、本当に」

リンダはとても心配そうだった。

「私グインの手をとって力づけてあげたいのだけれど、よくて？　その、手足をなでさするのは、治療士たちでなくてはできないものなの？」

「そんなことはございません。これはごく普通に血行を戻すお助けになるよう、せっせと摩擦しているだけですので、よろしければ、陛下がなさっても少しも大事ございませんよ」

「じゃあ、右手は私がさせてもらうわ。しっかりして、グイン、もう、治療は終わったのよ」

「それで、どうだったのだ？　少しは、このやっかいな記憶のほうには、効果があったのだろうか？」

グインは口をひらこうとした。まだ口も舌も痺れていたが、今度は、ヨナとヴァレリウスだけではなく、リンダたちも、少し、聞き取れたようだった。

「どうなの、グイン？　何か、術をかける前と違ったことはあって？　何か思い出せた？　気分はどう？」

リンダがたてつづけにきく。ほかのものたちは、女王にはばかって、自分もそのように質問したいのだが、遠慮しているのだろう。

「——どうだろう」

グインは、無理矢理起きあがろうとするのをあきらめ、また目をとじて、じっとおのれの内部のようすを走査した。

少しづつ記憶がよみがえってくる。

（そうだ——ハゾスたち一行がきて、俺の帰国がきわめて急がれるということになったために——ヨナに相談して、ちょっと思いきった施術をして、記憶がよみがえるものかどうか、試してみよう、ということになったのだった。——そのために、いつも使ってきたよりもかなり強い薬をつかって、俺を仮死状態に陥れ、その上で催眠術をかけて、意識の底に沈んでいる記憶が表面に戻ってくるようにと命じてみようというような……)

(どうなったのだろう。俺の頭のなかに、その命令はどのような効果をあらわしただろう……いや、だが――)

(駄目だ。――何も変わっていない。いや、少なくとも、この頭のなかの状態は、術をかけられて眠りにつく前と何ひとつ変化があったとは思えないのだが……それとも、あったのだろうか? 俺の知らぬ間に、俺の記憶のありようは少しでも変化をとげているのだろうか?)

少しづつ、むずがゆいたえがたい感覚もろともに、手足の血行がもどり、そして上顎にはりついたようになっていた舌も、そしてうす皮をかぶったような感じだった目も、少しづつ、少しづつよみがえってきていた。グインは唸って身を起こそうとした。両側から素早く支えられると、こんどは、身をおこすことが出来た。

今度はさきほどの薄荷のにおいの水とは違う何かつよい香りのするものが鼻の下にさしつけられた。それを強く吸いこむようにすすめられ、吸いこむと、かなりはっきりと、からだじゅうに生気がよみがえってくる気配があった。

「この薬はなかなか強力だな」

グインは云った。室内にほっとするような空気が流れた――そして、ヨナが低くリンダに何かすすめている囁き声がして、リンダがほかのものたちを代表するように云った。

「グイン。ずいぶんちゃんと意識が戻ってきたようで、ほっとしたわ。このまま眠りについて目がさめないこともないとはいえない、などといってヨナ博士が脅かすのですもの。――本当に心配していたのよ。ねえ、グイン、あなたがはじめて私と会ったとき、あなたは私のことをなんといって呼びかけたか、覚えていて？　そんな些末なことは忘れてしまったというのなら、あなたは、スタフォロス城を脱出するとき、私とレムスとをどうやって助けてくれたか、覚えていて？」

「スタフォロス城だと」

グインは云った。

「その名前には聞き覚えがない。――いや、聞いたことがあるような気はするが、その城については覚えがない。がっかりさせてすまぬが」

「私、そんなに簡単にがっかりなんかしないわ、もう」

リンダはつぶやいた。そして、質問をかえた。

「あなたが、私を――レムスとその黒幕によって閉じこめられていた私を救い出しにきて下さったとき、私はこのクリスタル・パレス、魔宮と化したクリスタル・パレスのどこにいたか、あなたは覚えていて？」

「それはむろん覚えている。それは白亜の塔だったはずだ」

「まあ！」

はっとなって、リンダは身をおこした。ほかのものたちも、すわとばかりに身を乗り出した。

「あなたそれを思い出したのね！　思い出したのね、グイン？」

「思い出したというか、そのような重要なことは忘れることなど出来ぬだろう」

「そのとき私は予言をしたらしいわ。それについてはあとであなたから聞いたのであって、私自身は覚えていないのだけれど、その予言については覚えていて？」

「予言？」

けげんそうにグインは云った。思わずリンダは、ヨナたちと目を見合わせた。

「そうよ、予言よ。あなた、覚えていないの？」

「すまぬが、それについてはあまり記憶がないようだ」

「おかしいわね。私が白亜の塔に閉じこめられていたことは覚えているというのに……」

眉をくもらせて、リンダはつぶやいた。それを制して、ヨナがこんどはハゾスをさしまねいて何か囁いた。ハゾスはうなづいた。

「陛下。御加減はいかがでございますか」

「ああ。なんとか少しづつ、人がましい心持になってきたようだが、まだ半分しかからだが思うようでない、という感じだ」

「しかしおことばのほうはずっとはっきりしてまいりました。陛下、おうかがいいたしますが、わたくしと陛下とが、はじめてお目にかかったとき、それはいつで、どこであったのか覚えておいでになりましょうか？」

「それはマリウスからきいた」

グインのいらえをきいて、ハゾスはがっくりと肩を落とした。

「それはとても有名な話だったそうだな。俺は先々代の黒竜将軍ダルシウスどのに連れられて、傭兵として黒曜宮に上がったそうだ。そのときに、おぬしとワルスタット侯ディモスとが、ぬけがけで俺に会うためにやってきて、そしておぬしと俺とは終生の友情の契りを結んだのだそうだ、とマリウスが云っていた……」

「マリウスさまが先にあんまりいろいろなことをお話になってしまったから、どうも何が本当の記憶か、おわかりになっておらぬようだ」

ハゾスはちょっとうらめしそうに口のなかでつぶやいた。それから気を取り直して云った。

「では陛下。もうひとつおたずねいたしますが、わたくしは陛下を一回だけ、わが居城ランゴバルドにお連れ申したことがございます。短いながらとても楽しい滞在であったといっていただき、面目をほどこしたのでございますが、それがいつで、どのような折りであったか、ご記憶にございましょうか?」

「ランゴバルド――」

懸命に思い出そうとするように、グインは目をとじた。

それからがっかりしたように目を見開いた。

「駄目だな。かすかに、なんとなく、美しい森林の風景のようなものが思い浮かぶ気はするのだ。だが、それだけで、何もはっきりとしたことは思い出せぬ」

「では、わたくしとの間の絆につきましては、ほかにも何も――マリウスさまがお話になったこと以外は、ご記憶にはございませぬか」

「すまぬことだが……」

「いえ……私などの失望はまったく問題ではございませぬ」

ハゾスは云った。ヨナとヴァレリウスはひそかに低く何か語りあっていた。

「とりあえず、しかし、多少以前と違った記憶が少しだけでも出てきたのは確かのようでございますね」

ヨナは慎重に云った。

「ただいまの白亜の塔のお話だけでも、これまでにはなかった過去とのちょっとしたつながりでございました。――それに、その前の――ずっと以前のルードの森でのことも、またその後かなり昔の、はじめてケイロニアの都サイロンにおいでになったことも思い出してはおられぬながら、白亜の塔のことを覚えていられたというのは、よほど強い印象がおありになったか、それとも――」

「ああ！」

ふいに、リンダが叫んだので、みなはびくっとした。

「お静かに、陛下。グイン陛下のおからだにさわりましては」

「ああ、ごめんなさい。でも、そうよ！　私、どうして忘れていたのかしら！　こんな、こんな重大なことを！」

「と、申されますのは……」

「白亜の塔、そうよ、白亜の塔から私を助け出してくれたときだわ。そのあと、結局レムスの兵士たちに追いつめられ、私たちは……そうよ、ヨナ、ヴァレリウス、私たちは、というよりグインは、クリスタル・パレスから脱出するために、古代機械を使ったわ。古代機械で、自らを転送させてクリスタル・パレスから脱出したのよ！」

一瞬、沈黙が落ちた。

むろん、ハゾスとトールは何のことか理解しなかったので何も反応しなかった。だが、ふいにヨナとヴァレリウスが、はっとしたように飛び上がったので、みながはっとなった。

「そうか！」

いきなり、ヨナが叫んだので皆はもっと驚いた。ヨナ博士といえば、およそそんなふうに感情をあらわにするような行動をとるとは、誰ひとり思っておらぬ、沈着冷静の徒であったのだから。

「そうか、なんて迂闊だったんだろう！　そうだ、陛下は！　ヴァレリウスさま、そうでしょう、陛下は！」

「ああ。忘れていた。というか、つい、失念していた」

ヴァレリウスも緊張のおももちで答えた。かれらのあいだににわかに強い緊張がみなぎりはじめていた。もっとも、治療士たちは灰色のフードをつけたまま、おもてを伏せていたし、ハゾスもトールもきょとんとしているばかりだった。リンダはヨナとヴァレリウスに飛びつかんばかりだった。

「そうでしょう？　私も、うっかりしていたわ！　こんな重大なこと、こんな大切なことをどうして忘れていたのかしら。グインは、アモンとともにあそこから転送されたときだけが、古代機械を使ったわけじゃないわ！　その前にも、クリスタル・パレスを脱出するために古代機械を使った。だけど、そのときには、グインは、確かに何も知らないのに、次々と機械のほうから操作を教えてくれたのだ、と云っていたし、それに、何も記憶を失ったりしなかったわ。そうよ、私だって、スニもだけれど、一緒に転送されたけれど、何も変わったことはなかった。グインは完全にもとのままで転送されて、そのまま自分の部隊と合流したのだわ。古代機械を使ったからといって、記憶が必ずそこなわれるわけじゃない。——そうよ、もしでもそうだとしたら」

「もしかして、距離が短かったからかもしれない」

ヨナはうやうやしい敬語を使うことさえ忘れてつぶやいた。

「そしてアモンのときには長距離転送であったからだろうか——それなら、ルードの森に出現されたときのことも……」

「でも、私だって、クリスタル・パレスから、ルードの森まで、レムスと一緒に転送されたのよ！」

リンダは叫んだ。

「レムスも私も、なにごともなく、気が付いたらルードの森にいたわ。一瞬前には黒竜戦役で戦乱のクリスタル・パレスにいたのに。だから、長距離を転送されたから、とも限らないわ」

「ナリスさまの実験では、ナリスさま御自身もひそかに実験されたことがおありでしたが、最大限、試してみたのは、せいぜいがクリスタル・パレスの中程度だったのです」

ヨナは云った。そして、いったんことばを切って、治療士たちに退室するよう命じた。灰色の制服の治療士たちが頭を下げて出てゆくまで待って、あわただしくことばを続けた。

「これはかつてはナリスさまが、最大の国家機密にと命じられていたことですが、このような事情ですからもう、かまいませんね。どちらにせよもう、古代機械も動くことはないのですし。——しかし、これは、ケイロニア首脳の皆様の前で口にするのはさすがにはばかられることなのですが、もう、グイン陛下のご記憶障害、というかたちで、ケイロニアの首脳もこの古代機械に大きなかかわりを持っておられるのですから、やむなく申し上げますが、ナリスさまはこの古代機械について知るべく、ある意味では非情ともいえるご研究を続けられて参りました。その実験のなかでは、死罪と定まった罪人を当人の了承の上で——死罪よりはまだ生きのびる確率があるかもしれぬということで、古代機械で遠距離に飛ばしてみようとするものもあったのでございますが……」

「……」

思わず、ハゾスとトールはちょっと息を呑んだ。

リンダも、その話をきくのははじめてだったのだろう。いまさらながら、亡夫の心の深みに踏み込む心地なのか、かすかに唇をふるわせ、手を握り締めたが、ヨナのことばをとどめようとはしなかった。

「それらの志願者たちは、一人として、完全に無事に生還したものはなかったのです。なかには命だけは助かったものもありますが——これは、ナリスさまにまつわるさまざまな秘密のなかでも、ことに極秘にされており、古代機械の研究にかかわった者たちの間でさえ、もっともナリスさまに信頼されている者たち数名しか知らなかった事実です。――そうした志願者たちは、そもそも古代機械に近づけなかったものさえおりました。ナリスさまが御一緒に中に入られれば、機械はそれらの志願者を受け付けたのですが、しかし、転送のだんになるといろいろと恐しいことがおこりました。――転送するかわりに、一瞬にして焼けこげて消滅してしまったもの。機械から放り出されて、助け出してみると息絶えていたもの――そして、転送することはしたのですが、ナリスさまがあらかじめ配下のものを伏せられておいた転送先に届いたのは、人間とはとうてい言い難いような、ただの肉塊と変じてしまっていたもの……」

ヨナはことばを切った。

思わず、リンダは全身を激しくふるわせた。

「そんなことを……ナリスが……」

「これは、非情とは申せ、非道とは申すにあたらぬかと思います」

ヨナはなだめるように云った。

「すべては学問のため、ひいてはパロのためでございましたし、また、それらの転送実験の志願者たちは、なかには、崇高な学問の進歩のために命を捧げる、という思いにとりつかれたアムブラの学生もおりましたが、大半のものは、どうせ死刑になるのなら、ということでこの実験を承諾した犯罪者や、ヤヌス神殿からの告発で死刑の確定した背教犯罪人などであったのでございますから。かれらは、どのような危険が待っているのかも承知の上で、すべてを説明されて、なおかつ、『はっきり死刑とわかっている処刑台にあがるよりは、その実験のほうがまだ生きのびる機会があるかもしれない』ということで、その実験台になることを希望した志願者たちでございました。この実験を無事に生き延びられたら、かれらは死一等を減じられ、終身刑となることになっていたのです」

「でも……でも恐しい……」

「ナリスさまは、そのような実験結果が出ていることをご承知でありながら、あえて、御自身もまたその古代機械に入られたのでございますよ」

ヨナは云った。ヴァレリウスが、はっとしたようにヨナを見た。ヴァレリウスもまた、その事実だけは知らずにいたのが明らかであった。

「そうなのか」

「そうです。ナリスさまは不公平なおかたではございません。それどころか、恐しいほどに勇気あるおかたでございました。ナリスさまは、それだけの恐しい志願者たちの死にざまを見ながら、『自分は機械が認めたマスターであるから』といって、機械に入り、転送される実験をされたのです。三回、四回もございましたでしょうか。むろん、クリスタル・パレスからあまり遠くへ転送するわけには参りませんでしたので、ごく近距離、クリスタル・パレスの内部だけに限られておりましたが、その程度の転送はもう、ナリスさまはそののちさらに何回かなさいまして、これがもし実用化するならば、世界は完全にまったく変わってしまうだろう、これまでの世界の秩序はまるきりくつがえされてしまうだろう、と云っておいでになりました。——不思議なことに、志願の犯罪者たちを受け付けぬ古代機械は、ナリスさまには何の害もなさず、ナリスさまは一番たくさん転送を体験なさったのですが、つねに御無事であられたのです。むろんご記憶をそこなわれることも、健康をそこなわれることもありませんでした。それゆえ、私どもは、古代機械で転送されることについて、少なくとも機械が《マスター》と認めた人物については、何ひとつ、その身に危険が及ぼうなどとは、考えたこともなかったのです」

2

なんとなく――

凍り付いたような沈黙が落ちた。

人々はそれぞれに、いま聞いたばかりの情報について、それぞれの立場によって、まったく異なる感慨を抱いて考えこんでいるようであった。

当然のことながら、このヨナの告白にいまさらながら最大の衝撃を受けていたのは、ヴァレリウスとリンダであった――どちらがよけいに大きな衝撃を受けていたかははかりがたいほどに、いずれ劣らぬ驚愕で二人のおもては蒼白になっていた。おそらくはだが、二人それぞれにいだいた衝撃の理由は少しづつ、異なっていることではあっただろう。これもまた当然のことながら、ハゾスとトール――ことにトールは、もうひとつ、ぴんとこない、というていであった。それも無理もなかった。ハゾスはまだしも、武将であるトールにとっては、問題の古代機械との接点というのは、「それを使ってグインが行方知れずになった」ということだけでしかなかった。そもそも、そんなあやしげな機械が存在することからして、パロというこの古代帝国の、いたってあやしげである最大の根拠、とさえ思われていたのに違いないのだ。

さすがに宰相であるハゾスのほうはそれよりも、この謎めいた機械——この世界最大の謎のひとつとされる古代機械についての知識はあったけれども、それでも、パロの人間たちのようにそれに興味をもつことも、ましてや、その謎を解明しようとして命をかけるような心理を理解することも出来るものではなかった。きっすいのケイロニア人であるハゾスにとっては、この世界はあくまでもこの世界であり、人間のわざは人間のわざであって、そのなかでおのれのなすべきことに全力をつくす、というのが正しいひととしてのありようであり、そんなあやしい超人的な力を求めたり、それを解明しようとあがくこと、それ自体が冒瀆的なことにも思われたのだ。もっともハゾスはきわめて礼儀正しかったから、そんな感想を、他国の宮廷で、おくびにも出そうとはしなかった。

「でも……でも、ナリスは……ナリスがそんなに何回も——だけど、私は長距離……」

リンダは、何をどう云ったものか、いささか支離滅裂になった。それでも、充分に意味は通じたので、ヨナは顔をあげてリンダにうなづきかけた。

「そうです。私の申し上げたいのもまさにそこです。何も、いまこうして、ナリスさまの、極秘にされていた最大の機密を私はいたずらに口外したわけではございません。ひとつにはもう古代機械は動かないだろう、ということもございますが、もうひとつは、いまとなっては、なきナリスさまの御命令を守るよりも、むしろ、グイン陛下のご記憶の障害の秘密をとくことのほうが、私たちにとっては重大なのではないかと思われるからです。さよう、リンダさまレムスさまは、《マスター》ではおありにならないにもかかわらず、長距離転送をして何の障害も起きませんでした。グイン陛下はおそらくルードの森に最初に出現なさったときにも、記憶障害を起こされています。しかし、そのグイン陛下も、リンダさま、スニどのを連れてクリスタル・パレスから脱出されるために比較的短距離の転送をされたときには、何の障害もありませんでした。――ナリスさまは、短距離のみ、もっとも長距離でもせいぜいクリスタル・パレスの外程度ですが、その程度の転送を何回も繰り返しておられますが、一回もそのような障害は――ご記憶のみならず、肉体的にも、何ひとつ障害が発生したという記録はありません。しかし、志願者による実験のさい、それはほぼ八割にちかい確率で、悲惨な被験者の死という結果に終わったのです。のこる二割、わずかに生き残ったものは、すべてきわめて短い距離を転送された者だったのですが、しかしこの者たちは実は全員、発狂したのです。そして、機械のなかに入れられ、転送の機能がはじまったとき、自分たちに何がおきたのか、どのようなことがあったのかを、正気で語れる者はおりませんでした。それに、古代機械による転送はおそらくからだによくないのではないか、なんらか目に見えぬ、よくない物質が出ているのではないかというのが、ナリスさまのお考えだったのですが、それは、この、正気を失ったものの運よく生き延びた被験者たちも、結局のところ、そのあとどうしても体調が回復せず、一番長く生きたもので半年程度で、みな死んでしまったのです。それも、なんとなく衰弱していって、どのような原因かもわからぬままに」

「まあ……」

リンダはまたちょっと恐怖に身を小さくふるわせた。

「そんな恐しい機械……私も何回か転送されて、そのおかげで助かりはしたけれど、でも、そんなむごい結果を生む恐しい機械——しかも、そんなふうにしてひとをえりごのみするような機械ならば、それは本当に、こうして永遠に眠りについてしまってよかったのだわ。もう、そんな機械のおかげで犠牲者を出すことはたくさんだわ」

「さようでございましょうか？」

いくぶん苦笑ぎみにヨナは云った。ちらりとヴァレリウスと見交わした目には、（たとえどれほど聡明だし、頑張っているとはいっても、やはり、若い女の子などというものは、若い女の子でしかないものですねえ……）とでもいいたげな光がかすかに宿っていた。

「わたくしは、実は、いままったくそれとは正反対のことを申し上げようとしていたところでございました。——つまりは、リンダさまが思い出されたことで……古代機械、というものが、またあらたに、グイン陛下の治療のために大きな重要性をもつものとして、復活してきたのではないか、と」

「どういうこと？」

するどくリンダは云った。

「古代機械をよみがえらせて、それにグインを試しに入ってみてもらおうとでもいうの？　とんでもないわ。そんなことはしてはいけない。私は、最初に黒竜戦役のとき転送されたときには、自分でもまったく事情のわからぬままだったし、本当に子供だった。それに、そのあとも、レムスの幽閉からグインに奇跡的に助け出され、何も考えるいとまもなく転送されてやはり助かることができたわ。でも、それがいかに大きな危険をおかすことだったのかと思うと――私だけではなく、レムスやグインやスニにとってもだわ――やはりこんなとんでもないものは、私たち人間の手にはあまるのだ、と云わざるを得ない。私の考えは、この古代機械には、もう私たちは――パロのものたちも、近づくべきではないわ。そもそも、この古代機械があるばかりに、それにひきつけられて、パロをつけねらってきた黒魔道師たちがあまたいて、黒竜戦役だの、たくさんのわざわいも、内戦も、その本当のおおもとには、古代機械があったからではないかと――本当はみんな、古代機械が欲しかったのではないか、ということをきいたわ。それを教えてくれたのはヴァレリウス、あなたや、ヨナ、あなただったはずよ」

ヴァレリウスとヨナは丁重に頭を下げただけだった。

「それにグインだっておそれているはず。そうよ、グインが、せっかくいま、もう一度最初から、無から積み上げなくてはならなかった記憶を、もう一度すべて失ってしまうなんて、そんなことは酷すぎる。そうしたところで、前の記憶がよみがえってくる、という保証はないのよ。そうでしょう？」

「それは、おおせのとおりです。しかし陛下」

「しかしも何も——何なの、ヴァレリウス」

「まだ、古代機械が、グイン陛下がそれに近づけばよみがえるかどうか、ということさえも、さだかではございませんのですから。——いま、まだ、そこまで考えることはないのではないかと存じますが。ヨナが考えていることは、おそらく、その古代機械のあったところに陛下をお連れして——古代機械をただ単に『お見せした』だけでも、おそらくはなんらかの反応が陛下におありではないかと、そのように考えているだけではないかと——そうだろう、ヨナ」

「そうですねえ」

ヨナはいたって慎重に答えた。

「むろん、まずは、ごらんいただくことです。しかし、もし——陛下はナリスさまなきあと、ナリスさまのご遺言によっても、また古代機械そのものによっても選ばれ承認された、正式の唯一のあの機械の《マスター》でおありになるわけですから……陛下が近くに寄られただけでも、あの機械はよみがえり、そして……」

「それはありえぬ」

思いもかけぬ声がした。はっと、一同は凍り付いた。それは、グインの口から出た声であった。

人々は正直、グインの存在をさえ――これほど巨大な存在ではあったが――忘れていたかのように、身をこわばらした。しかし、次にグインの口から出たことばは、さらに人々を驚倒させた。

「俺はさいごにあの機械に命じた。『この転送を最後にすべての活動を停止するように』とだ。そして機械はその命令に従った。だからもう古代機械は動かぬはずだ」

「グ、グイン！」

リンダの声は、悲鳴に似ていた。

「あなた、思い出したの？　思い出したのね？」

「陛下！」

「そのとおりです」

ヨナが静かに答えた。一同は目を飛び出させんばかりにしながら、今度はヨナを見つめた。

「その命令を承って、そのとおりに入力したのはこの私です。ですから、私は、陛下のおっしゃったことが真実であることを知っています。古代機械に『この転送を最後にすべての活動を永遠に停止せよ』と命令し、その命令を実行する《パスワード》を入力したのもこの私だったのですから」

「その場には私もいましたが」

ヴァレリウスが沈痛に請け合った。

「確かにそのとおりだったことは私が保証いたします。しかし、ということは……陛下は」

「ご記憶を……少なくともその部分は持っておられる――のですね？」

「何をだ？」

驚いたようにグインが云ったので、人々ははじめて、グインの様子に気が付いた。

グインは、いまはじめて意識が戻った人のように、ゆっくりとまばたき、目を開いた。

そして、奇妙なようすで人々の驚愕を見回した。

「どういうことだ？　俺が何か云ったというのか？」

「って、グイン、あなた……」

「たったいま、陛下は、きわめて重要なご記憶を取り戻したようにお話になったのですが……それは、ご記憶にないのですか？」

鋭く、ハゾスが云った。グインはうろんそうにハゾスを見た。

「何を云われているのだか、よくわからぬが——なんとなく、いま勝手になにものかが俺の口を使って喋っていたような気がした。俺自身はその奥にとざされて、誰が、何を喋っていたのかはまったくわからなかったように思う」

「なんですって」

リンダが茫然として云った。

だが、リンダは、他のものたちよりは早く、立ち直ったように見えた。彼女には、そのような状態、というのは決してまったく無縁なものではなかったのだ。

「グインは、《誰かが自分を使って喋った》というの？——それは、私が……私の上に神がおりてきて、私をヨリシロとして使われ——いろいろな予言をされるときと同じような状態だわ。いま、グインは、そういう状態だったというの？」

「よく、わからぬ」

閉口したようにグインは云った。

「俺はとにかく、その古代機械とやらについても、何もわからぬし、何も記憶はない——というか、記憶がないわけではないが、それはすべてマリウスからきいた話でしかない。ああ、あと、ここにきてからリンダにきいた話だな。あまりにいろいろなことを聞いたので、すっかり混ざり合ってしまったから、それが、もしかして本当の記憶のように感じられて——」

「それは違います。たったいま陛下は、はっきりと記憶のあるかたとして話しをされておられました」

ヨナが云った。

「最前から御様子を拝見しておりますと、陛下は——今日の施術の前とあとでも確かに御様子が少しく違っておられます。これまでは、何回施術しても——今日のように深く施したことはなかったのですが、まったく、施術後にも、記憶におかわりはありませんでした。しかし今日はひとつだけ——そう、白亜の塔のことだけはまったく何の苦もないかのように思い出されましたし……しかし、その前後のことは覚えておられませぬ。また、ずっと以前の記憶となるとやはり覚えておられぬ御様子——」

「わからないわ。どういうことなの」

「それは私にもわかりません。しかし、さきほどリンダ陛下がおっしゃられたこと——白亜の塔にからんでの記憶は、古代機械による転送とかかわりがあるのではなかろうか、ということは、私にもどうも気になってしかたがないのですが」

「あなたはどう思うの、ヴァレリウス」

ずっと黙っているヴァレリウスをいぶかしんだように、リンダはするどく聞いた。

「私は……この、グイン陛下の治療につきましては、ヨナどのに全権を委せておりますから」

だが、ヴァレリウスはうっそりとそう答えただけだった。何か、ひどくあれやこれやと思い悩んではいるようだったが、それ以上は、何があっても口を開きそうもなかった。

そうと見てとって、リンダはさらに困惑した目をハゾスやトールに向けたが、こちらは、ヴァレリウス以上に、さらに何の助け船も出てきそうもなかった。

「あなたは、どうしようというの、ヨナ」

とうとう、リンダはしょうことなしに聞いた。

ヨナはうなづいた。

「もしも――陛下はご賛成ではないかもしれませんが、もしも陛下にお許しをいただければ……グイン陛下を、古代機械の痕跡の残るヤヌスの塔にお連れしたく存じます。――そして、《マスター》がふたたび命令を下したときに、古代機械が再び動き出すものかどうか、それを知りたいと思うのでございますが……」

「何ですって」

そうヨナが云うのではないか、ということは、すでにあるていどは予測していたのだが、それでも衝撃を受けて、リンダは叫んだ。

「あなたは、また、古代機械を動かそうというの、ヨナ。あなたとしたことが――あなたほど、聡明で思慮深い、我が国の知恵袋、パロの頭脳とまで云われている人が。あの古代機械のおかげで、パロはずっと他国や黒魔道師たちにつけねらわれたのだわ。すべての悲劇はあの古代機械のおかげだったのだそうじゃないの。——そして、あの恐しいアモンだって——」

「ア、アモン？」

するどく、グインが云った。

「アモン——？」

「そうです」

今度は、いきなり割って入ったのはヴァレリウスだった。

「レムス廃王と、その不幸な王妃アルミナさまのあいだに悪魔の手によって産み落とされた怪物太子アモンです。その名に何か、お感じになったのですか」

「アモン……」

いくぶん、いぶかしげに、グインは云った。そして、口のなかで、何回か、アモン、アモン、と繰り返してみたが、何も結局思い出せなかったようすで首をふった。そしてそのまままた、黙り込んでしまった。

「駄目か……」

失望したようにヴァレリウスはつぶやいた。それから、ヨナを見た。ヴァレリウスの灰色の目と、ヨナの茶色の瞳があった。

「やはり、これは、一度は試してみるしかないかな」

「と、わたくしは思うのですが……」

「陛下」

今度はリンダに向かって、ヴァレリウスが云った。

「古代機械のところにグイン陛下をお連れしたところで、陛下の記憶がお戻りになるという保証はございませんし、それに、古代機械がまた動き出すとも限りません。さきほど、グイン陛下——それとも、陛下のなかのなにものかが云われたとおり、グイン陛下はあのおりに、古代機械に『永久に活動を停止』するようにと、はっきりとお命じになったのですから。——ということは、よしんばあの機械が陛下のいうことならば何でもきくとしたところで、逆にそうであればあるほど、陛下の御命令をきくために活動を再開することも、出来ないままだ、ということではございませんか？　だとしたら、その確認をできれば、いっそう、もうパロには古代機械は存在していない、という証明にもなりましょうし、逆にもし万一動いたといたしましても、今度はグイン陛下がまた、パロを立ち去られるときに、古代機械の活動を止めてゆかれることもお出来になるわけです。そうではございませんか？」

「それは、そうだけれど……」

「必ずしも、古代機械を動かして、グイン陛下に転送をまた体験されていただく必要はないかと思います。白亜の塔、というだけでも記憶のなかからよみがえってこられたほど、陛下のなかにも、このあたりの出来事は強い印象を残しているようです。そうであれば、ただ、同じあたりに行かれただけでも、おそらくは……なんらかの効果は出るものと……」

「今日、これだけ強い薬を使い、催眠療法の施術をしてみても、ほとんど効果が上がらなかったからには、この方法では、もうグイン陛下のご記憶を取り戻すことは出来ない、ということです」

ヨナが口をそえた。

「あとは、残るのはただ、衝撃をあたえて、その衝撃によって、陛下御自身のなかで記憶を取り戻していただくことしかありえないかと思うのですが」

「そんな……」

リンダは両手をもみしぼった。そしてハゾスとトールを見比べた。

「ケイロニアのかたがた、なんとかおっしゃって下さいな。私は所詮駄目だわ。パロの女王などといわれてはいても、所詮若くて、経験も少ないただの女の子にしかすぎないわ。とうていこんな大変な決断をすることは出来ない。私、どうしたらいいの？　古代機械のあるヤヌスの塔はあのあと、きわめて厳重に封じられ、誰一人立ち入ることを禁じられたままになっています。そこに、グインを連れていって――古代機械の廃墟を見せたり、そのなかに入ったりさせて記憶が戻るかどうか、やってみるべきなの？　それはなんだか——なんだかとてもしてはいけないことのような気がするわ……私」

「それは、ご予言でございますか？」

素早くヨナが聞いた。リンダはちょっとうらめしそうにヨナをにらんだ。

「違うわ。私がそういう気がするだけよ。予言が降りてくるときとは、まったく違う感覚だわ」

「それでしたら……」

「そうでございますねえ……」

ハゾスもまた、ことの重大さにはじゅうじゅう感じ入っていたので、しばらく、くちびるをかみしめて考えこんでいた。だが、それから、ちょっと首をふって、おのれの逡巡をあざけるかのように、グインを見、リンダを見、ヴァレリウスを見、ヨナを見た。

「どのようなことであれ、グイン陛下のご記憶が少しでも戻るかもしれぬ可能性、陛下のおかげんが元通りになるかもしれぬ可能性にかけて見ぬわけには参りますまい。これはケイロニアにとりましては、あまりに大きな出来事でございますし、それに正直申しまして、いったんケイロニアに戻ってしまわれれば——ケイロニアの医学は、おそらくはパロほどには進歩してはおりますまいし、また、パロでのあれこれでいまのようになられたことを考えますと、おそらくその古代機械と申すものにふれることが、陛下にとっては、最後の機会ではないかと思うのですね。ご記憶を取り戻すための――そう思いますと、なるべく早くケイロニアにグイン陛下をおともない申し上げなくてはならぬ、というのが、最大の任務である我々といたしましても――あえて、パロの最大の禁忌をといていただき、その古代機械に、陛下をふれさせていただくだけでも――あ、いえ」

ハゾスはちょっとためらってから続けた。

「その、転送とやら申すことをしてしまうというのは、これはまたたいそう危険をともなうことのようですから、そこまでの危険はおかせません。それはまた、ようやくめぐりあったグイン陛下を、またしても失うような危険は、われらといたしましては絶対におかすわけに参りませんので。――でも、その機械とやらを見てみるだけなら……あるいは……」

「そうだったら、よろしいのですが」

心配そうにヴァレリウスは云った。ヨナはじっと何か考えていた。

「如何でしょうか、リンダ陛下。もしも、陛下さえお許し下さるならば――もちろん、もしもグイン陛下が近づいたことで、その機械がまたよみがえり、それがパロにとっての脅威になるようでしたら、それはもう、われわれケイロニアの者が責任をもって、守るなり壊すなり、何らかの対応をさせていただくつもりでもおりますが。――しかしともかく、我々は一日も早くアキレウス大帝のもとに、陛下をお連れせねばならぬのです。

昨日もサイロンからの飛脚が、私たちの一行を追いかけてまいりました。それはアキレウス陛下からのご親書を持った飛脚でありまして、また、同時にアキレウス陛下の主治医からの手紙も持っておりましたのですが、陛下のお手紙はひたすらグイン陛下を一日も早く連れ戻ってくれるように、という哀願であり、主治医からの報告というのは、アキレウス陛下のご容態は、グイン陛下発見の報でいちどきに快方に向かわれたものの、その後、何も進展がないゆえ、いっこうにはかばかしくその後は回復に向かっておられぬ、ともあれどのようなことをしてでもグイン陛下をサイロンにお戻し下さい、ということだったのです。——そうあるからは、私たちも、出来るかぎりのことはしてみなくてはなりませんし……」

「あなたが、そうまでおっしゃるのでしたら、ハゾスさま」

リンダは、まだ蒼白になったまま云った。

「私はいやだわ。本当は、とてもいやな気がするわ。そもそもの最初から、私あの機械が嫌いだったの。嫌いというより、なんだかとても気味が悪かった。なんだか、あの機械は不吉なところでばかり姿をあらわしてくるのよ。そうして、パロの守護神だと云われているけれど、本当は、いつもパロの不幸を招いていたような気がするの。——でもこれは予言じゃないわ。そうである以上、私も我慢しなくてはなりませんわね。だって、やっぱり、グインの記憶を取り戻してもらうことは、私にとってもとても重大なんですもの。仕方ないわ。今回に限り、ヤヌスの塔の封印をとくことを許可します。でも今回限りだわ」

3

「さあ」

ヨナが云って、グインのほうをゆっくりとふりむいた。

「これが、ヤヌスの塔です。——お見覚えは、ございましょうか?」

「……………」

グインは足をとめ、ふしぎそうな、物珍しそうなおももちで、目の前にそびえ立つヤヌスの塔を見上げていた。これはパロにとっての国家機密扱いの場所であったから、今回は、リンダも、そしてハゾスたちも同行していなかった。本当は、もしもグインが劇的に記憶を回復するものならば、ハゾスもリンダもその場にぜひとも居合わせたいのはやまやまであったが、ヴァレリウスとヨナは、古代機械について、たとえ友邦ケイロニアの宰相といえど、ほかの国のものに知られることを望まなかった。それで、かれらの進言によって、リンダもそこを訪れるのを我慢して、そのかわりに、ハゾスとディモスたちと、こののちのケイロニアとパロの交流について、グインの帰国についての忌憚ない話し合いの場をもつことに同意したのである。

それゆえ、このたびは、完全な「治療の一環」として、そこにつきそっているのは、ヨナとヴァレリウス、そしてヨナの選んだ、魔道師でもある上級治療士が二人、そして護衛の騎士が一個小隊、これはヤヌスの塔よりはるか手前で待っているだけであった。

ヤヌスの塔は、あの内乱の終結以来、パロにとっては最大のタブーの場所となりおおせていた。そこは、ヴァレリウスの厳命により、ヤヌスの塔の直径五百タッド以内になんぴとたりとも立ち入ることが出来ぬよう、厳重に縄が張られ、そして、たえずその周囲を、当直の魔道師部隊が警護して、結界をはりめぐらしていた。同時に、これも当直で、警備の歩哨が十人ばかり、たえずこの結界を示す縄の周囲をまわって、不審者が近づくことのないよう、見張りをつとめていた。それは夜も同じであった――むしろ、夜のほうがはるかに警備は厳重であった。何か、古代機械の秘密をぬすもうとか、あるいは古代機械の復活をたくらむけしからぬ黒魔道師のたぐいが近づいてくるとしたら、それは夜のほうが可能性が多かったからである。

また事実、内戦が終了してから、何回か、そのようなこころみはなされていたのだった。そのうちの一、二回は明らかに〈闇の司祭〉グラチウスによるものであり、それはただちにヴァレリウスに通報されていたものの、あくまでもそれはグラチウスが古代機械が復活したかどうかを偵察にやってきた程度のことであるらしく、かれはこのような警戒にひっかかると、そのままおとなしく引き揚げているようであった——グラチウスであれば、その程度の警戒など、突破するのは簡単であっただろうにもかかわらず、である。おそらくは、グラチウスほどの魔道師には、そこまできただけで、古代機械が依然として動いてはおらぬことはすぐに感知できたのに違いない。

あと数回は、まったくかかわりのない、どこかの馬鹿な黒魔道師によるもののようであった。そもそも本来なら、クリスタル・パレスに侵入することそのものが、とても困難でなくてはならなかったのだが、いまのクリスタル・パレスはまったく人手不足で、あちこちに隙を残している。それゆえに、うわさをきいて、思い上がった腕自慢の黒魔道師が、おのれの力で古代機械をどうにかできぬかと考えたり、あるいは古代機械をひと目見てその原理を知りたい、などと考えて入り込もうとしたのであろう、というのが、ヴァレリウスの考えであった。それらのものたちも警護の魔道師たちにあっさりと撃退されて、それきり近づいてはこず、このところは、だいぶんヤヌスの塔のまわりは静かになってきていた。どうやら、警護が厳しく、また古代機械は本当に動かなくなったようだ、という情報が、徹底してきたのではないか、とヨナは考えていた。

かつてもヤヌスの塔の周辺は、それなりに警備がゆきとどき、厳重に見張られていたが、それでもそこには一応ひとの出入りがあった。ナリスはヤヌスの塔をおのれの分担とするよう、国王に申し出てそれをゆるしてもらい、そして、王立学問所や魔道師ギルドとも組んで、「古代機械研究組織」を作り上げていた。そして自らその研究組織の長となり、ヨナやランのようなアムブラの優秀な学生を集めて、古代機械とその謎を追究するだけを目的としてさまざまな実験を繰り返していたのだ。ヤヌスの塔の上にはそれらの組織に属するものたちが出入りし、ナリスとあくことなく実験の結果についての討論をくりかえし、また、古代機械そのものを見たり、ごく少数のものだけが、ナリスとともにその実験に立ち合うことを許されていた。古代機械は、一回にひとりだけの《マスター》をそちらからさだめて来る。そして、その《マスター》が許可を与えるよう古代機械に命じたものだけが、古代機械の周囲に立ち寄ることや、あるいは《マスター》の操作によって古代機械の内部に入ることさえも許されたのだ。

それゆえ、ヤヌスの塔のまわりは、ナリスの手の者によって、きわめて厳重に警戒はされていたが、ひとの出入りは多くあり、そして、ナリス自身も何回となくそこに訪れていた。ナリスは古代機械そのものだけでなく、ヤヌスの塔の環境をも愛しており、ときにただひとり訪れて——むろん外には護衛の兵士たちがいたのだが——古代機械の前でじっと瞑想にふけることをもとても好んでいたので、ヤヌスの塔のかいわいには、たえず、護衛の兵士たちも常駐していれば、ナリスを求めて、ナリスの小姓たちも伝令にやって来もしたのだ。

だが、そうしたひとの往来は、内戦以後はいっさい途絶えていた。そして、ヤヌスの塔はほとんど廃墟と化していた。地下の古代機械が活動を停止し、封印されただけではなく、その上の、ヤヌスの塔の上層階にあったナリスの研究室や、古代機械の管理のための施設などもすべて、設備調度はそのままになっていたが、もうひとが出入りすることもなくなっていた。もっとも、内戦を待たずとも、ナリスのからだが不自由になってからは、ヨナがそこの全権を引き受けてはいたものの、研究はずっと先細りになり、そして内戦がはじまってからはもちろんまったく研究者たちもすべて追い払われ、ヤヌスの塔を使うものは長いあいだもう絶えてしまっていたのだ。

レムス――とそれを操るアモン――は、古代機械には興味を示したものの、近づくことが出来なかった。それもあって、いっそうヤヌスの塔はさびれはてていた。そしてむろん、内戦が終わってからは、パロ全体の復興に必死なリンダ女王のもとでは、古代機械に興味を示すものなど、いようはずもなかった――それに、古代機械はもう「死んでしまった」ことが、一般にも明らかにされていた。もちろん、古代機械、などというものがヤヌスの塔の地下に存在していることを、知っている程度には機密に通じているものたちにだけであったが。

それゆえ、ここは、じっさいのところ、もはや「墓所」であった。古代機械の墓どころ、といってもよかった。その警備こそひきつづき行われていたけれども、それは、死者を黄泉からよみがえらせ、不埒な目的で目覚めさせようとするものを阻止するための警備であって、もう、ここが古代機械の埋葬された墓地であることを疑うものは誰もいなかった。

実際、たとえそれが人間ではなく、謎めいた機械であろうとも、それが生きていて、そして活動していて、ひとに関心を持たれ続けている、ということと、それが死に絶え、すべてのそのわざは終わり、そしてそれが埋葬されてしまったあと、というのは、同じ場所でありながら、これほどまでに違うのかと、かつてを知っているものならば、誰しも感慨にうたれざるを得ないところであった！——もとよりヤヌスの塔は、ナリスがきびしく警備させていて、それほどにぎやかに人の出入りがありはしなかったし、そもそもが、ヤヌスの塔は聖王宮と後宮とに囲まれるようにして立っており、その両脇にサリアの塔とルアーの塔とを従え、いわば、クリスタル・パレスのもっとも奥まった、もっとも警備の厳しい、もっとも入り込みにくい一画にあった。後宮の女性たちはほとんど後宮から出ることなどなかったし、そのうしろにはロザリアの庭園がひろがっていて、さらにランズベール門とのあいだには、歩兵たちの駐屯所がもうけられている。誰にも気付かれずに入り込むためには、もっとも困難なような場所にヤヌスの塔は建っていたし、そもそもが、かの謎めいた大予言者、大賢者、大学者であるアレクサンドロスがクリスタル・パレスを設計したとき、ヤヌスの塔に古代機械をおさめるのではなく、「ここに古代機械が存在するから」それを守るために、その上にヤヌスの塔を建築し、そして、その存在を守るためにその周囲にいくつもの塔や、パレスの主要な建物を配置したのだ、といわれていたのだ。

ここまでくるためにはおそろしくたくさんの門や、たくさん建っている塔ごとにおかれている見張り、そして建物ごとにすべての入口と回廊、通路のところに立っている歩哨の目を逃れなくてはならなかったし、それは常人には事実上不可能といってさえよかった。それだけの警護があったからこそ、ヤヌスの塔の秘密は、パロの長い長い三千年の歴史のあいだも、よく守られてきたのだ。そもそも、古代機械の秘密そのものも、その三千年のあいだに、深く深くパロの暗闇のなかに秘められて、知る人ぞ知る秘密になっていったが、それでも、もうちょっとひとに知られやすい場所にヤヌスの塔なり、古代機械なりが存在していたなら、三千年のあいだ秘密を王家の上層部とパロのじっさいのまつりごとをつかさどるものたちだけのあいだで保ち続けてくることはとうてい無理だっただろう。

その、ヤヌスの塔を取り囲む聖王宮も、後宮も、サリアの塔もルアーの塔も、どちらも戦乱のいたでを受けていなかったわけではないが、重要な場所であるのでそこから先に修復され、おおむね外見はもとどおりになっているので、その背後にひろがるランズベール城のむざんな廃墟がいっそうきわだっていた。もっとも重要な建物といっても、後宮はいま現在では、むろん女性であるリンダ女王が後宮の美姫たちをたくわえるはずもなかったので、そこはただ単に、宮廷の高位の女官たちのすまいとしてしか使われていなかったのだが。

背後にそのランズベール城の廃墟がロザリア庭園の木々のあいだに見えかくれすることも、いっそうヤヌスの塔の印象を強めたのであろう。日はまだ高かったのだが、しかし妙に暮れなずむ――黄昏がおりてこようとしているような印象が強かった。ヤヌスの塔に近づいてゆくと、なんだかにわかに全体の空気がひんやりとしてよどんででもいるかのようであった。そうして、うしろの後宮はこちらの塔には背中を向けていて、こちらむきにはまったく窓がないように作られていたし、聖王宮もヤヌスの塔の側には窓がなく、そしてそこはかなり広いヤヌス広場となっていたので、誰もいない広場に石畳が続き、そのまんなかに、縄をはられ、結界を張るためのまじない紐もその上に張られ、そしてそのところどころに結界を強化するまじない棒や祈り車が設置されて、そしてぽつりとあちこちに槍を手にした歩哨が無表情に立っているそのようすは、なんとなく、新しいパロの伝説――幽霊塔、とでもいった伝説を作りそうな風情であった。

実際にはヤヌスの塔そのものは、戦乱でそんなに手ひどく破損されたわけではなかったのだが、後宮も聖王宮もきれいに修復されていたこともあって、何ヶ所かの破損がそのままになっているのが、ひときわ目立っていた。そして、塔の下にあるいくつかの出入り口がすべて、黒い塗料をまぜた石灰で塗り固められて、封印されているのが、いちだんとその幽霊じみた感じ、廃墟然とした印象を強めていた。

ヤヌスの塔は、高さ四十タッド、クリスタルを「七つの塔の都」と呼ばせた数々の塔のなかで一番大きいわけではなかったが、横はかなり広く、下にゆくにつれてどっしりとひろがっていた。そして、なかには螺旋階段がぐるぐるとのぼっており、その各階にいろいろな部屋などが出来ていたのだが、それらもすべて封印されていた。縄のそこかしこに張り付けられている「何人たりとも立ち入るべからず。あえて立ち入る者は死罪に処す」という張り紙が、ひどくものものしい印象を与える。

その、ヤヌスの塔を、ヨナとヴァレリウスは、それぞれに違う万感の思いをこめてじっと見上げていた。が、いつまでもこうしていては、と、ヨナがもう一度、グインをふりむいた。

「如何でございますか。——これがヤヌスの塔でございますが、ご記憶に何か変化はお見覚えは」

「ないようだ」

ぶっきらぼうにグインは答えた。この治療——いわば、これに賭けてみようという最終段階の治療がはじまって、ヤヌスの塔にくる前に、グインがそのことばを口に出したから、というので、かれらは、馬車で、いったん、リンダがレムスに幽閉されていた、白亜の塔へも立ち寄ってみたのであった。だが、無駄だった——グインは、いくつかある塔のなかで、「どれが白亜の塔であるか、おわかりになりますか」というヨナの問いに、ただ首を横に振っただけであった。クリスタル・パレスの沢山の尖塔はいずれも、それぞれに工夫をこらした建て方がしてあり、ひとつひとつが、その名をもっともと思わせる特徴を持っている。白亜の塔はむろんその名のごとく白亜の大理石によって壁をはられており、純白に朝日、夕日に輝いている。美しい塔であったが、グインはしげしげと見上げたのちに、首を横に振った。見覚えはない、というのだ。

それで、やむなく、ヨナとヴァレリウスはさらに馬車でグインをヤヌスの塔の前に連れてきたのであった。

「もう、ここでもし記憶がお戻りにならなければ、現在のパロの医学、魔道では、どうにも手のうちようはございませんが……」

「ああ。それはそれでいい。これだけありとあらゆる手をつくしてもらったことには感謝している。それに、俺も、このしばらく、夜などに、ハゾスやトールたちといろいろ話し合っていた。そして、いろいろと考えたこともあったので、もう、ケイロニアに戻ることにそれほどのためらいはない」

「では、ケイロニアにお戻りになることに、心を決められましたので」

「ああ。本来、俺が何もわからずフロリー母子をともなってきたために、パロには思わぬ迷惑をかけることになった。その上に、アキレウス陛下がそれほどに御心配のあまり、はかばかしくご回復がないというのであれば、俺としても、もうこの上パロにいる理由がない。今日、ヤヌスの塔で、古代機械にふれてみて、何も変化がないようなら、もうあきらめるほかはない。むろん不安は残っているが、少しづつ、あきらめもついてきた。——自分の記憶と、ひとから教えられた記憶とでは、やはりずいぶんと確かさも違うし、さまざまに不安も感じてはいるが、ハゾスもトールも、ゼノンにせよディモスにせよ、きわめて信頼できるものたちだ、ということは、俺にはよくわかってきた。またガウスも——ケイロニアのものたちは、みな、とても俺を案じてくれている。かれらに支えられて、なんとかやってゆくほかはないのだろう」

「さようでございますか……」

「フロリー母子については、むろん、パロに迷惑をかけるつもりはない」

グインは、幾分強く言った。

「かれらは、ケイロニアに連れてゆく。——昨晩、ハゾスとも、個人的にそれについてじっくりと話し込んだのだが、ハゾスは、ブランの報告については、逆に、こちらから先手をうって、ゴーラに通達を出し、フロリー母子をケイロニアが預かっている、ということを明らかにして、そしてゴーラとのあいだに会談を持ってはどうか、と提案している。それも、ひとつ、あるかもしれぬ。そして、イシュトヴァーンが関心がなければスーティはサイロンで俺が育ててやればよし、もしイシュトヴァーンがおのれの子ゆえ、返してほしいといってくるようならば、それこそ、それを機会に、ゴーラに対して、理由のいかんにかかわらず、無差別殺戮のような前近代的で野蛮な真似をおこなわぬよう、また予告なしの他国への侵略、奇襲、といった暴虐をおこなわぬよう、中原の秩序に組み入れられ、他の中原諸国と仲良くつきあってゆきながらゴーラ王国の平和を保ってゆくよう要請し、ゴーラとのあいだにあらたな関係を築くことが出来れば、それが一番よいとハゾスは云うのだ。俺もそう思った——それが、一番よいことなのだろうな」

「さようでございますねえ……」

ちょっと微妙な顔で、ヴァレリウスは答えた。それについては、ヴァレリウスにはまた、ヴァレリウスなりの考えもあったのだ。

「まあ、しかし、さしあたっては、重大なのは今日のこの治療と申しますか、実験でございます。そのゴーラ問題につきましては、今夜にも私もハゾス閣下と懸案の宰相会談をいたすことになっておりますが、それまでは一時預けとさせていただきまして——こちらへおまわり下さい」

「塔に入るのではないのか」

「ヤヌスの塔は、一階のすべての入口は塗り固めて封鎖いたしてしまっております。陛下が古代機械でアモンともども、いずくへか転送されてお行方知れずになられてから、ヴァレリウス宰相の命令で、この塔は他のものが一切入ることが出来ぬよう、地上の入口はみな閉鎖され、このとおりに塗り固められました」

ヨナが説明した。

「しかし、むろん、内部のようすも見なくてはならぬ必要も起こってくるかもしれませんから、おもてだってはすべての出入り口は封鎖され、もうヤヌスの塔には入ることは出来ぬ、ということになっておりますが、われわれだけは、ひそかに出入り出来る場所を一個所だけ、残してございます。それは、地下にありますので」

「そうか」

「こちらへ」

ヨナとヴァレリウスは、いったんロザリアの庭園のなかに入ってゆき、そこから、かれらだけの知っている秘密の入口の扉を開いて、なかに入るようグインをうながした。そこから先はもう、ついてきた魔道師たちも、またむろん護衛の兵士たちも入れなかったので、かれらはそこで待っているように命じられた。

「このようなところに秘密の入口があるのか」

「ええ」

ヴァレリウスはまたしても、あやしい感慨が胸一杯にひろがるのを覚えながら答えた。

「あのとき——陛下が失踪され、アモンともども姿を消されてしまったあのとき、私とヨナは——グラチウスなんてよけいなものもその前後にはうろちょろしておりましたけれどもね……ヤヌスの塔から、この秘密の地下通路を抜けて外に出たのです。地下牢からようやく助け出したアドリアンさまを連れ、死に絶えてしまった古代機械をあとにして。あのときには、じっさい、どうなることかと思いましたよ——なんだか、おそろしく遠い昔みたいな気がします。何もかも——本当は、あれからまだ、そんなに長い時間がたったというわけでもないんですけれどもねえ。でもどうも……あまりにいろいろなことが一気に起きてしまいすぎたせいか、何もかもが何回にもわたってくつがえされてしまったせいか、このところどうもね、私は感慨癖が強くなってしまって、何かと困るんですよ。——年を取ってきたのかもしれませんねえ。おお、やだ、やだ。——でもしょうがないですけれどもねえ。なんだか、とにかく、本当にあまりにもいろいろなことがありすぎましたから。なあ、ヨナ」

「そうですね」

ヨナのほうは、いたってことば少なく、そう答えただけだった。

かれらは、かつて古代機械がその活動を停止した日にアドリアンをつれて脱出しようとよろめく足で急いだ長い通路を、こんどは、グインをともなって、古代機械のもとへおもむくべく、歩いていた。あたりは地下のトンネルのような暗い通路で、何のあかりもついていなかったが、ヴァレリウスが一緒であったので、ヴァレリウスがともしてくれる鬼火のおかげで、べつだん何も明るさには不自由しなかった。ただ、それほど天井は高くなかったので、グインにはほかのものにはない難儀がともなった。ずっと、首をちぢめ、身をかがめ気味にして歩いてゆかなくてはならなかったのだ。それは、あまりに長く続くと相当な圧迫感と窒息感をあたえる通路であったが、グインは何も弱音をはかず、文句も言わなかった。

「さあ、まもなく塔のなかです。そうしたら、こんどは背中をまっすぐのばしてお歩きになれますよ」

慰めるようにヴァレリウスが云った。ヴァレリウスがそういったとたん、かれらは通路の角をまがり、その目の前にぬっと、重たげな茶色い扉があらわれた。

ヴァレリウスが、持参してきていたカギをあけ、茶色の扉を手前にひいて開いた。だが、その扉があくと、ただあらわれたのは銀色のつるつるした壁であった。

「…………?」

グインがたずねるようにヴァレリウスとヨナを見る。

「これは《しゃったー》というものだそうです」

ヨナが説明した。

「これは古代機械がおろしたものです。我々に来られるのはここまでです。——ですから本当をいえば、地上でごらんになったような大袈裟な警戒は必要ないとも云えるのですが。これは、その後いろいろやってみましたが、どのような方法でもあけることが出来ません。突き破ることも、破壊することも出来ないのです。むろんこれは古代機械を作った文明のきわめて高度な技術によって作られたものですから、我々の文明ではあけることが出来ぬのは当然ですが、どうやら、古代機械は、ヤヌスの塔の地下で、上も下も横も、すべての面がこの銀色の《しゃったー》に覆われているようなのです。——これは本当に頑丈で、むろん押してもひいてもびくともしませんし、われわれの技術では、いったいどこにつなぎめがあるのかさえわかりません。——私ではなくグラチウスですが、地下からいってみても、やはり同じものにおおわれていた、といっていましたから、いってみれば、ちょうど、ヤヌスの塔の地下に、この銀色の壁に包まれた巨大な卵があるようなものだと思っていただければいいと思います。そして、そのなかに古代機械が眠っている、と」

「眠っている……」

「さようです。その命令を下したのは僭越ながらこのヨナ、私です。しかし、その命令を下せ、実行せよ、とお命じになったのは陛下でした。陛下は、アモンと取引をして、古代機械のなかに入るよう、従漁なさり、そして、そのときに、ナリスさまなきあとでは一番古代機械の操作に通暁していると思われていたこの私に、このようにお命じになりました。自分がアモンともどもこれから古代機械で自身を転送する。二つの転送が終了すると同時に、永久に活動を停止するよう、最終的な命令を下し、それを実行させよ、と。それで、私は、そうしましたのです。《シャットダウン》という命令を」

4

「《シャットダウン》」

グインは用心深くそのことばを口にのぼせた。

「あまりきいたことのないことばだな」

「さようです。それは、古代機械の生まれた国で使われていた用語なのでしょう。《マスター》とか、《シャッター》というのと同じく。ほかにも、私は、古代機械を研究することで、だいぶん、その知らぬ国のことばを覚えました。ナリスさまももっと沢山、その国――それとも文明のことばを覚えられましたが、その多くは、あまりにも異質なので、意味がおぼろげに感じとれはしても、もうひとつよくわからぬままでした」

「もうひとつの文明……」

ひどく、興味をひかれたように、グインは云った。

「それは、どこの国だ？　そして、それはどこにあるのだ？　俺は、その国からやってきたとでもいうのか？　その国では、みなが、俺のようなすがたかたちをしているのだろうか？」

「わかりません。何もそのようなことはわかりません——この中原にないことは確かです。また、この世界じゅうにもあるのかどうかわからぬ、もしかしたら——とナリスさまがおっしゃっておられました。もしかしたら、まったく違う場所——たとえば空の彼方であるとか、時の彼方であるとか、もっともっとずっと遠い場所にその《国》はあるのであり、そして、そこでは、この古代機械のようなものがもっとずっとたくさんあって、それを使ってみなが瞬間的に行きたいところへ移動しているのかもしれない、と、ナリスさまは、そうおっしゃっておられました。——考えてごらん、想像してみるのだよ、ヨナ、と、ナリスさまは楽しそうに、というよりも興奮に目をきらきらさせながら話しておられました……」

ヨナは冷静そうに見えたが、その目は激しくまばたき、そして、その目のふちがかすかに赤くなっていた。

「そう、ナリスさまほど、この古代機械を愛しておられたおかたはおられませぬ。——ただ愛しておられただけではない。この古代機械は、ナリスさまにとって、なんといったらいいのでしょうか、夢とあこがれと、切ない空想のすべてでした。——たったひとたびでいいから、行ってみたいのだよ、ヨナ——と、何度も云っておられました。たったひとたびでいい。そのまったく違う世界をこの目で見ることが出来たら、そのまま死んでもいい。ノスフェラスにもいってみたいが、この古代機械がやってきたおおもとの世界こそ、本当は自分のいちばん見てみたいところなのだ。——『考えてもごらん、ヨナ』と、ナリスさまは、よくそう云っておられました。『こんな古代機械のようなものが、もっと小さいのかもしれないが、街角などにいくらでもあるような文明になったら、もう馬もいらない。馬車もいらない。この足でてくてくと歩いて旅することなど何一ついらなくなってしまう。だが、それはいったいどのような文明の変化のかたちをもたらすだろう？　それを考えると、私はまことに興奮と、そして恐怖にさえたえないよ。そうだろう——われわれの文明は、結局のところ、時間というものに本当はかたく支配されている。クリスタルからマルガまでは、どれほど早くゆこうとしても、二日はかかる。クリスタルからカラヴィアだったら、もっともっと時間がかかる。われわれはそれをなんとかしてもっと短縮しようと——パロのわれわれはそれを魔道に頼ることを考えた。そうして魔道師という、特殊な訓練をして肉体を改造し、その訓練に一生を捧げた健気な人々だけが、さまざまな魔道を用いて、通常の人間より、はるかに遠くの声をきくことが出来、遠くにいるものどうし会話をすることが出来、閉ざされた壁の向こうを透視することが出来、そしてクリスタルとマルガのあいだを《閉じた空間》を使って数ザンで行き来したり、空中を浮揚することも出来るようになった。だが、そのために——それが出来るようになるために、魔道師たちはおのれの人間らしさ、普通の人間としての幸福も人生もすべて捧げなくてはならなかった。――しかも、それが出来るのは、魔道師だけ、それも、自由自在に魔道を扱えるのはもともと偶然に素質があって魔道師としての才能があり、上級魔道師、導師、大導師などになれたものたちだけで、大半の魔道師たちは、そんなにたいしたことは出来ぬままに一生をおえる。――だが、考えてもごらん、ヨナ。この古代機械のある文明ならば、もしかしたら、誰でも――そう、誰でもだよ、どんな人間でも、子供でさえ、古代機械をたやすくあやつって、一瞬にして、星々の果てへまでも、おのれを飛ばすことが出来るかもしれないのだよ！　なんというすごいことだろう……』」

「……………」

「そう、ナリスさまは云っておられました。――そして、また……こうも。『だが、我々の文明が時間と距離とに支配されているのと同様に、もしも、時間と距離というものがまったく意味をもたなくなった文明があるとしたら、それは、文明の型というものに、激甚な作用を与えるだろう。どこにゆくにも、一瞬で行けてしまうとしたら、それは、移動に要する時間というものを、まったく無意味にさせる。距離というものは、どんな遠い国どうし、どんな遠くにいるものどうしにもまったく意味をもたなくなる。そして、また、魔道師がやる遠話のように、遠くにいるものどうしでもやすやすと話が出来るとしたら、同じ場所にいること、というのはほとんど意味がなくなってしまう。そうは思わないか、ヨナ？』と……」

「……」

「なんだか、私ばかり――ついつい、ナリスさまの思い出話にふけってしまって、申し訳ございません」

「いや、すこぶる興味深く聞いている」

グインは、目の前にぬっとたちはだかっている、銀色のつるりとした壁を見上げたまま、うっそりと云った。

「それに、少しでも多く――この古代機械というものにふれてみる前に、少しでも多くの情報が欲しい。――なさけない話だが、俺は少し、怯えてためらっているのかもしれぬ」

「それはむしろ当然というものです。そうでなければ、それこそ陛下は人間ではないと申し上げるほかはない。――私どもとても、最初に古代機械にふれるときには、ひどく――そう、ひどく興奮し、怯え、おののき――なかには感受性が強すぎて失神してしまうものさえいたのですよ……」

ヨナは目をとじて云った。

「ナリスさまは本当にこの機械に魅せられきっておられました。――四六時中この機械のことを考え、しばらく静かにしておられるので、何を考えておられるのですか？　というと――『あの機械のことをね、ヨナ』とおおせでした。――そう、本当に、いつも、いつも、ナリスさまはあの機械のことを考えておいでになりました。おからだが動かせなくなってからはなおのこと」

「……………」

ヴァレリウスは、いささか面白くなさそうな顔で、ヨナのその話をきいていた。ヴァレリウスにしてみれば、ヨナのように、古代機械の研究班として、ナリスの最大の関心をわかちあっていたわけではなかったので、ナリスのそのような部分については、あまりよく知らなかったのだ。

「ベッドに寝たきりでも、この機械があれば、どこへでも行けるのだろうな、ということも当然考えておられましたでしょう。――そうしてまた、ナリスさまの御興味――とても強い御興味のひとつは、つねに、グイン陛下の上にございましたので……」

「俺の？」

「さようでございます。――グイン陛下のことをきかれ、そしてリンダさまレムスさまからのお話なども聞かれて、グイン陛下のルードの森への出現のしかたなどを聞かれたそのときから、ナリスさまは、『豹頭の戦士グインというのは、もしかして、《その文明》から送り込まれてきた存在ではないのかな』とそう、はっきりと口に出しておられました。――ナリスさまがあれほど憧れておられた《その文明》――グイン陛下は、ナリスさまにとっては、《その文明》からやってきた唯一の存在、として感じられておられたのだと思います。ナリスさまは、それゆえ、いくつもの夢をもっておられましたが、そのなかの最大のものは、この古代機械ではるか彼方のその文明の国へいってみることでしたが——もうひとつは、おそらく《その国》からやってきたのであろうグインさまにお会いになること……そして、ほかにもやはりさまざまな、ナリスさまのお考えでは同じひとつの高度な科学文明の痕跡にほかならぬ不思議を有しているノスフェラスにゆくこと……」

「ウム……」

「そのうちノスフェラスの白砂を踏まれることも、古代機械のやってきた国にゆかれることも——ナリスさまは、ついにはたさず、見果てぬ夢のまま亡くなられましたが——それでも、亡くなる直前に、グインさまとお会いになる、という、その夢のひとつだけは実現されて——本当によかったと、私は考えております。……本当に、それがなければ、ナリスさまの一生はどんなに薄倖な、いくら私どもが涙をそそいでもそそぎきれぬようなものにおなりになったでしょう。——あれほどにすぐれた資質をお持ちになりながら、不幸なお生まれゆえに、古代機械にあれほどの情熱を注がれ、国を愛するがゆえに反逆者になられ、そしてあれほどになんでもお出来になりましたのに、手足の自由をすべて奪われ——そうして、とうとうノスフェラスへも、古代機械のやってきた国へもゆかれることはかなわなかったのですが、それでも、ナリスさまは、グイン陛下にお会いになったことで、満足して死んでゆかれたのですから。私は――私はそう思っています」

「ヨナ」

低く、たえがたくなったようにヴァレリウスが声をかけた。

「時がうつる。――陛下に、古代機械の……古代機械に接していただくため、そろそろ……」

「――そうですね」

ヨナはそっと目もとをおしぬぐった。

「申し訳ありません。ついつい、おのれの感慨に浸りこんで、いらぬことばかりお話してしまいました。――このようなことを話し始めたら、私は、本当にとめどがなくなってしまいそうですし。――でもヴァレリウスさまが、私をつらい追憶から引っ張り出して下さってよかった。そう、いまは、亡きかたのことよりも、グイン陛下のご記憶の問題を第一に考えなくては。まして、ご帰国が迫っておられるのですから」

「いや。聞かせてもらってよかった」

グインは口重く云った。

「クリスタル大公アルド・ナリスどの、のちのパロ聖王アルド・ナリス陛下については、俺はやはりマリウスやリンダからきいたというだけのことだが、とても関心を持っていた。きわめてすぐれた人物であられたようだし、大きな業績を残されてもおられるようだ。本当は、この俺が、そのようなかたと実際に会い、ことばをかわしていたのだと思うと、本当に、その記憶が俺のなかに残っておらぬことが口惜しい。帰国したブランに、俺が本当は、ゴーラのカメロン宰相と会ったこともあり、肝胆相照らした間柄だったのだときかされたときも、そう思った。リンダどのにせよ、ハゾスたちにせよだが、俺のように記憶を障害してしまうことは、数知れぬほどの素晴しい人々との出会いをさえ、おのれのなかで失ってしまうことだ。それを思うとまことに口惜しい。それだけでも、早く記憶を取り戻したい——そのためには、どのような苦労をしても、危険を冒してもかまわぬ、と思う力になる」

「さようでございますね」

ヨナはゆっくりとうなづき、そして、つと、銀色のつるつるとした壁に寄っていった。手をのばして、そっと壁にふれる。なにごともおこらなかった。

「古代機械は、この銀色の壁に包まれて眠りについているのです」

ヨナは静かに云った。

「しかし陛下はこの古代機械の《最終マスター》でおありになります。——陛下が戻ってこられて、この機械に、よみがえれ、とお命じになれば、この機械はよみがえるでしょう――ただしそのためには、パスワードというものを入力しなくてはなりませんが。それも、むろん、覚えてはおいでになりますまい？」

「ああ」

「それはでも私がお教え出来ます。ナリスさまは、私に、グイン陛下を次の《マスター》とすべく、そのために必要なその《パスワード》というものを、お教えするように、という任務をお与えになったのです。――ともあれ、まずは、進み出て、この壁のここに手をおあてになってみて下さい。大丈夫です、何事もおこりません」

「ここにか」

グインは云った。そして、手をあげ、無造作に、ヨナがしたように銀色のつるつるした壁に手をあてた。

「これは、何をしていることになるのだ？」

いぶかしそうに、グインは聞いた。

「特に何も起こりはせぬようだが……いや……」

「何か、感じられますか？」

ヨナが緊張したおももちで聞いた。ヴァレリウスは、固唾を呑んで見つめている。

「なんだか……これは妙だな……」

グインの口から、ちょっとためらうような声がもれた。

「これは——しかし——手をはなさぬほうがよいのだろうな……」

「何をお感じになりますか？」

「この壁が……脈打っている。それとも、それは、ただ単に、この俺の脈を反映しているだけのことか、という気もするのだが——いや、しかし……」

「壁が、脈打って」

ヨナは云った。そしてヴァレリウスと目を見交わした。

「この壁までは、私どもはかなり何回も参ったのです。——そして、ありとあらゆる方法で、この壁をあけてみようとさまざまに実験を試みて参りました。しかし、すべては無駄で、何ひとつ起こらなかったのです」

ヨナが云った。グインはふいに声をあげた。

「どうしたのだ。なんだか妙だ。なんだか、壁のなかに——壁のなかに手が吸いこまれるようなおかしな感じがする。手をはなしてもよいか」

「おはなしにならないで下さい。大丈夫です。絶対に危険なことはおこりません。この古代機械にとっては、グイン陛下こそは、どのような命令を下すこともできる《最終マスター》です。決して、陛下に危害を加えるようなことは、この機械はいたしませんから」

「それを心配しているわけではないが——なんだ。なんだか異様な感覚だ」

グインは叫んだ。

「何かが、からだのなかを——何か目にみえぬ力がからだのなかを走りぬけるようだ……」

「あッ」

低く、ヴァレリウスが叫び声をあげた。

「ヨナ！　これは！」

「おお——」

ヨナは思わず目を瞠った。

「陛下が——グイン陛下が、青白い光に包まれている……」

「ああッ——なんだか、陛下の輪郭が透けているように見える。大丈夫か、ヨナ」

「大丈夫——の筈です。おそらくは、《最終マスター》そのひとかどうか、走査しているのです。そうとしか思えません。——こんなことは、何回ここにきてあれこれやってみても、一回も起こったことがなかった。この機械は完全に死に絶えているのだ、とばかり——すべてのものが思っていたのですから。でも——」

「ちょっと待て」

緊張したおももちでヴァレリウスが叫んだ。

「ちょっと待ってくれ。もしも古代機械がよみがえってまた動き出す可能性があるのだとしたら、いまの警備ではとうてい足りない。もっと大勢、もっと上級の魔道師たちを呼んで、もっと厳重な結界を張らないと――万一にもまたしても〈闇の司祭〉があらわれたりしたら……あいつはいつもこのあたりに偵察の網を張っているだろうから。待ってくれ、俺はちょっといそいで連絡して、もうちょっと警護をふやす」

「私がここにいますから大丈夫です」

ヨナは早口に答えた。その目はグインからはなれない。

グインのようすは異様であった。まるで、いまとなっては、壁から、手をはなそうとしてもはなすことが出来ぬかのように見えた。

そして、そのからだじゅうが、いまははっきりとヨナにも、ヴァレリウスにも見えるくらいに、青白い炎に包まれている。炎、というよりも、オーラ、といったほうがふさわしい、ほのかな目に見えるかみえないような光のようなものが、グインの全身を包んでいるのだが、それはどうやらグインのからだを走り抜けているらしく、ときたま、頭の上や、からだのあちこちで、きらきらっと青白いものが光る。

「なんだか、ものすごいな、大丈夫かな」

心配顔でヴァレリウスは云ったが、そのまま、ちょっとうしろにひき退いて、必死の形相であれこれと心話で命令を下しはじめた。

「うわ、駄目だ。ここだと、心話がちゃんと届かない。――この銀の壁の影響なのかな、乱れてしまって何もききとれない。――しかたない、ちょっといったん、外まで――それとも通路の途中まで、心話の通じるところまでいってくる。くそ、大丈夫かな、ヨナ、あなただけにしておいて」

「大丈夫だと……思いますが……」

ヨナはいくぶん不安そうに云う。

「とにかく、この機械が陛下に危害を加えることは決してないと思いますから――ああ!」

「わあ!」

叫び声をあげたのは、ヨナとヴァレリウスだけであった。

グインの口からは、声ひとつもれなかった。

あっというまもなく――

いきなり、まるで、銀色の壁が、やわらかな海綿ででも出来ていたかのように、ぐいとグインのからだをのみこみ――

そして、あらがうひまさえもなく、グインのからだは、銀色の壁のなかに吸いこまれてしまったのだ!

「陛下ッ!」

仰天して、ヴァレリウスは叫んだ。

「陛下、グイン陛下！　大丈夫ですか！」

「グイン陛下！」

ヨナも叫んだ。そして、あわてて駆け寄って壁を叩いたが、グインを飲み込んだのがまるで嘘のように、銀色の壁は、つるつるの、まったく何の手がかりもない硬い、かれらがずっと知っていたままの状態でかれらをはばんでいた。

「おい。どうしよう」

狼狽してヴァレリウスは叫んだ。そして、こんどは手から魔道の光を出して銀色の壁をあけようところみた。

「だめだ。あかない」

「陛下！」

ヨナも壁にとりすがった。

「古代機械！　頼む、通してくれ。自分たちもなかに入れてくれ！　陛下がどうなったのか、教えてくれ！」

「こうやっていたんだな」

ヴァレリウスは自分の手を必死に壁に押しあててみたが、もとより何もおこらなかった。あちこち、さぐりまわしてみるが、やはり何も起こらない。

「ああ！」

ヴァレリウスが絶望的な声をあげた。

「こんなことを、どうやってリンダ陛下に御報告したらいいんだ。——グインさまが、出てこられなかったら！」

「いや、でも……待って下さい。なんだか様子が……」

「え？」

「この音——聞こえませんか？」

「音？」

「ええ。ぶーん、というような、かすかな音が……銀の壁のなかからしていませんか？」

「え」

ヴァレリウスは壁に耳を押しつけてみた。

「本当だ。きこえる」

「聞こえるでしょう」

ヨナも壁に耳を押しつけていた。

「壁のむこうから、ぶーん、ぶーん、という音がして——それがだんだん大きくなってくる」

「これは……おお、ヨナ、大変なことだ。これは……」

「古代機械が、よみがえるのではないかと思いますが……《マスター》をとりこんだので……」

「わ、そうだ。だったら警備の魔道師を増やして――ああ、だが、気になってここをはなれるのも――くそ、どうしたらいいんだ」

「ああ！」

ふいに、ヨナが声をあげた。

「大変だ。壁が動く！」

「なんだって。――おお、本当だ！」

まるで、渦巻きのような奇妙な動きが、銀色の壁の表面にあらわれていた。

それは、グインが手をふれたとおぼしい一角のあたりからおこり、そして、ゆるゆると壁全体にひろがろうとしていた。やがて、その黒銀色の渦巻きは、ぐるぐるとしだいに派手になり、そして、まるで巨大な目玉ででもあるかのように、ぐるぐると動きはじめていた。

「これは……」

「壁が開く」

ヨナが叫んだ。

「ヴァレリウスさま！　壁が開いてゆきますよ！」

「ああ」

ヴァレリウスは思わずかたく拳を握り締めた。

「古代機械だ……」

さいごに、この銀色の《シャッター》が、うしろでとじてゆくのを、見届けたのも、ヴァレリウスとヨナだ。

アドリアンはいたけれどもなかば正気ではなかったし、朦朧として何も覚えてはいるまい。ヴァレリウスとヨナだけが、グインがアモンともども古代機械で転送され、画面に「転送完了」の文字が出――そして、そのあと、ヨナの打ち込んだ命令とともに、古代機械が閉じてゆくのを見届けたのだった。

その――

古代機械が、ゆるゆると、《シャッター》を開こうとしている。

「いまだ」

いきなり、ヨナは叫んだ。

「え」

「いまなら入れる。行きましょう、ヴァレリウスさま！」

「こ、この中にか。ぞっとしないな……戻れるという保証は……」

「大丈夫ですよ、グインさまが中にいるんだから！　さあ、早く！　時間がたったら閉まってしまうかもしれない」

「えいくそ」

ヴァレリウスは思わずルーンの悪態文句をついた。

それから、ヨナにつづいて、その渦巻きに手をさしのべた。とたんに、ぐいと、巨大な力が、ヨナとヴァレリウスとを、まるで、本当の渦巻きがそこに落ちた何かを飲み込むかのように、その底に引きずり込んでしまった！

第四話　修　正

1

「わああああっ！」

「あーッ――」

どちらの口からほとばしったとも知れぬ悲鳴が、誰も聞いておらぬヤヌスの塔の秘密の地下通路にこだました――

が、次の瞬間、そこはふたたび、銀のシャッターがおりた、何もない、前のままのゆきどまりの通路と化してしまっていた。グインはもとより、ヴァレリウスとヨナがそこにいた、というあかしさえも、何ひとつ、示しているものはない。たとえ、この場にグラチウスがかけつけてきたとて、何ひとつ、かわったことが、この銀色の、古代機械を閉ざしている壁をめぐって起こったとはもう、まったく知るすべもないだろうというほどに、そこには何ひとつ変わったようすはなくなっていた。

いっぽう――

「ヨナ！　大丈夫か、ヨナ！」

「わ、私は大丈夫です。ヴァレリウスさまは！」

ヴァレリウスとヨナはまるで巨大な手でふりまわされて、一気に床に投げつけられたかのように、どさりと床に放り出され、必死に声をかけあった。

「いててて。受身をするひまもなかった。しこたま、腰を打ってしまった」

「大丈夫ですか。ヴァレリウスさま」

「ああ、なんとか。怪我したというほどじゃない。明日は青あざになっているかもしれないが――ヨナは大丈夫か」

「私はたいしたことは――ああ！」

ヨナの声がはっとしたように途切れる。

かれらは、二人とも、見覚えのある、あのあやしい古代機械の安置されている室のなかにいた。すでに、かれらのうしろで、シャッターはすっかり下りてしまっていた。

「ああ――古代機械だ……」

ヨナが、思わず、このようなさいであっても――いや、このようなさいだからこそいっそう、感慨にたえぬ、という声をあげた。それも当然であった。この古代機械に、「もう、二度と動くことのないよう」――活動停止、という命令を下し、《パスワード》を打ち込んだのは、ほかならぬこのヨナであったのだから。

その古代機械は、当然のことながら、ひっそりとしずまりかえったまま、じっとそこにあった。何ひとつ、銀色の壁の内側では、変わったものはなかったかのようであった。時は、この銀色の卵のなかでは流れたことさえなかったかのように思われた。透明な障壁があり、その向こうに、透明な大きな円筒がいくつかあり、その円筒からのびた透明な細い管があちこちを這い回っている。そして、いくつもの、えたいのしれぬ巨大な、天井までもあるような機械が、互いにうねうねと管でつながれて、まるで巨大な機械生命の集合体のように連結して並んでいる。

「そうだ……これだ……この円筒だった……」

ヨナは覚えず、呻くような声をもらした。

「このなかに……陛下が――グイン陛下がお座りになり――そして私が、操作盤を操作したんだ。そして、グイン陛下は……アモンともども、どこへともなく消えておしまいになった……そうだ、そうだった……」

「ああ」

ヴァレリウスはおのれが何を云っているのかさえわからぬようにつぶやいた。

「あのとき――俺もここにいたのだった――そうだ。そのときのとおりだ。いや、だが……」

本当に、「あのときのとおり」だったわけではなかった。

古代機械は、死に絶えていた。

そのことは、一目で、ヴァレリウスとヨナにはわかった。それは、かつて、この古代機械がもっとも生き生きと活動しているところをつねに見ていたヨナだからこそわかったのかもしれないし、また、それほどこの機械に親しんでいたわけではないにせよ、何回かはこれにふれ、そしてまた、つねづねナリスやヨナからこまごまといろいろな話をきいた、それに当人も魔道師であるヴァレリウスにもわかることだったのかもしれない。

そこにあるのは、「活動を完全に停止した存在」だった。

かつて、この機械は、たとえ転送しようという準備に入ったりしていないときでも、さかんに活動をしてはいないときでも、ひっきりなしに、その細い透明な、蜘蛛の巣のように部屋じゅうに、天井といわず壁といわず、いくつものブロックにわかれた機械の部品どうしのあいだといわず張り巡らされている管のなかを、まるで人間のからだのなかに血管がはりめぐらされ、その中に、人間が眠っているときにも血が流れているのとちょうど同じように、たえずきらきらと輝く青や赤の光、ときに黒い何か、ときにまばゆい白熱した光などがかけぬけていたのだった。それは定期的にかけぬけていったり、奇妙な点滅を規則正しく続けたり——また、きわめて大きなエネルギーが一気にそのなかに生まれたかのように部屋全体をきらきらとひとつの白熱した光に輝かせたりと、ひどく生き生きとした反応をずっと見せていたのだ。

それに、ひっきりなしに、あちこちで、ぶーん、とか、ういーん、とか、カシャカシャ、などという、得体の知れぬ、何がどう動いて音をたてているのかまったくわからぬ音が部屋全体から起きていたものだった。それは、いかに研究したといっても、ヨナにも——ナリスにも、「この音がしてきたら、まもなくこのあたりが赤く輝き出す」とか、「この音がとまると、まもなく部屋全体が少し暗くなる」などといった、「おきる現象」としては体験的に知られてはいたけれども、その「理由」とか「結果」となるとまるっきり、理解することも出来ぬものだったのだが。

しかし、いま、古代機械は、ひっそりと眠りについていた。

古代機械とかれらとのあいだには、相変わらず透明な障壁がきちんと立っていて、その向こうに入ることは出来なかったが、その障壁の向こうは、かなり薄暗かった。そして、何よりもヨナにとってははっきりと、古代機械が動いていない証拠として感じられるのは、いくつもある転送用の円筒のわきに必ずつけられている、小さな机のような、画面と鍵盤のようなものをそなえた補助機械が、その画面がすべて真っ黒に死に絶えて、何のしるしも、記号も出していないことだった。じっさい、あちこちに必ず、よくついていた小さな緑や赤のあかりひとつ、ついてはいなかった。すべてのあかりが消えているのに、なぜ、なんとなく薄暗い程度で、真っ暗にならないのかは、ヨナたちにはよくわからなかったが、おそらくは、何か、ぼんやりと発光するような素材があちこち――ないし全体に使われていたのだろう。

いま、古代機械の大きな全体のどこにも、ひとつとして、ちかちかとまたたく赤いあかりも、緑のあかりもなかった。古代機械は、まるで黒い石ころのように、じっとそこにうずくまっているだけだった。透明な管をかけ抜けてゆく光もひとつもない。

「おい……」

だが、ヴァレリウスは、不安そうにヨナをふりかえった。

「グイン陛下は、どこだ」

「ああ」

ヨナもはっとしたようにあたりを見回す。

「そうでした。――そうだ、グインさまは、どこにおられるのだろう」

当然、先にあの《シャッター》のなかに吸いこまれたのだから、グインもこの中にいて、中に入ってきたらそこにいるものだとばかり信じていたのだ。

だが、かれらが放り出されたのは、透明な障壁のこちら側の、たいらな銀色の床がひろがっているだけで何ひとつない室――といっていいのかどうか、かれらにもよくわからなかったが――のなかで、そこにいるのは、ヨナとヴァレリウスだけだった。そして、障壁の向こうはしんとしずまりかえっており、薄暗く、何ひとつ生きた活動がおこなわれているというあかしはなくて、それゆえに、むろん、その障壁の向こうにも、グインらしいもののすがたはまったく見あたらなかった。

「機械のなかにおられる——わけでもないんだな？」

ヴァレリウスはけげんそうに、透明な障壁に近寄れるだけ寄ってみながら云った。そして、障壁を、はしからはしまで、手で確かめながら慎重に歩き回ってみた。だが、その障壁にはどこにもつぎめひとつなく、天井から床までを完全にとざして、古代機械とかれらとのあいだをへだててしまっていたし、そしてこの障壁のなかにはまったく、ヨナとヴァレリウス以外の存在はいなかった。うしろにあるのは銀色のつるつるした壁だけであった。

おのれらもまた、この場所に閉じこめられたのか、と思ったとき、ヴァレリウスの背中には、じんわりと冷たい汗がにじんできた。

「俺は、閉じこめられるのに、ことさらとても弱いってことじゃないんだが……」

思わず、ヴァレリウスはつぶやいた。

「それに、魔道師の修行の中には、暗くて狭い地下の洞窟に何日も閉じこもってするような修行もあるので、閉じこめられることに、恐怖症を持っているものも、いずれ克服出来るようになる——というか、せざるを得ないようになるんだが。しかし、これは……

……」

「そうですね。これは……」

「なんだか、息苦しくなってくるような気がする。──俺たちは、本当に……」

本当に、外に出られるのだろうな──

そう、口に出しかけて、ちょっと冗談ごとでなくぞっとして、ヴァレリウスは息をのんだ。

(冗談じゃない……)

もしも、本当に、ここに入るのも出るのも、古代機械──いや、古代機械が本当に死に絶えているのだとしたら、古代機械の外側を守っている、なんだかよくわからぬこの銀色の卵の心ひとつ、あるいは気まぐれひとつによるものなのだとしたら、もしそいつが出してくれようという気をおこしてくれなかったら、もう二度とかれらは外に出ることもかなわぬまま、この、ほんのひと部屋くらいの大きさしかない透明な障壁と銀の壁のあいだに閉じこめられて、そのままになってしまう、ということも、考えられないわけではないのだ。

どこから空気が流れ込んでくるのかかいもくわからなかったが、まったくどこにもつぎめはないにもかかわらず、しばらくそこにいても、まったく息苦しくなってくることはなかった。空気はひんやりしていて、どちらかといえば、標準よりはかなり低めの温度がずっと保たれている。ときとして、かすかな風を感じることさえある。だが、それにしても、外との風の行き来はまったくどこでしているのかわからない。

(このなかの空気がなくなって、窒息してしまうことはなかったとしても……ずっとこの中にいたら……そりゃ、餓死するか——その前に気が狂うか……)

(俺はまだ、なんとか——《閉じた空間》でなんとかならないかとか——魔道師どもになんとかして連絡がつけられないかどうか試してみることも出来るが、しかしそれもこのなかでは望み薄だな……外の通路でさえ、心話も届かなかったんだから——だが、まして、ヨナを連れてでは……)

ヨナは、一応魔道学をも初歩よりかなり上まで終了してはいるが、魔道師の訓練を積んでいるというわけではない。魔道の知識もあるし、ルーン文字も読み書きはかえってそのへんの初級魔道師より完璧だが、肉体の訓練は受けていないから、魔道で、ヴァレリウス同様にどうこうするというわけにはゆかない。だが、それを云いだしたら、ヨナのことを心配するより以前に、ヴァレリウス自身が、本当に、おのれの魔道がこの超科学文明に通じるものなのかどうか、試してみないわけにはゆかない。

(ぞっとしないな……それがもし通じなかったら、俺たちはこの……この狭苦しい箱のなかで……)

あわてて、ヴァレリウスは頭をふって、その考えを払いのけた。

「ヨナ」

誰にきこえるはずもなかったが、思わず声をひそめてヨナに話しかける。

「ええ」

「私にはわからないことがあるんだが——」

「何でしょうか？」

ヨナは、障壁ごしに、熱心にいろいろな角度から、古代機械のようすを調べているようだ。

「古代機械は、完全に活動を停止したわけだろう、グイン陛下に命じられた、あなたの命令によって。だのに、どうして、グイン陛下を見分けて中に連れていったり、俺たちをこうしてここに引っ張り込んだり出来るのかな。もう、活動を停止しているんだったら、そんなことも出来なくなっているんじゃないのだろうか」

「それは、私の推測になってしまいますが」

ヨナは慎重に答えた。

「おそらく、古代機械の外側を包んでいるこの銀色の卵みたいなものですね。その内側にもうひとつあるこの透明な障壁、これが本当の意味での古代機械の外壁です。そして、この銀色の壁は、さらにその古代機械を包んでいる、いわば、丸い銀色の箱のなかに透明な古代機械を入れた卵が入っている、というように考えていただければいいと思いますが、これは、本来、たぶん別々のものなのです。——というか、つまり、古代機械の入っている透明な箱と、その外側を包んでいる銀色の卵型の入れ物とは、別の機械なのです。命令は古代機械が出しているのかもしれませんが――つまりあるていどつながってはいるのかもしれませんが、この銀色の卵そのものは、ナリスさまが、何回か御命令を出して、古代機械を眠らせようとしてみられたときにも、古代機械を包み込んで下りてきたのです。それで、私たち研究班は、この銀色の卵は、古代機械の外側の護衛のための膜だと考えていたのですが、じっさいには、これはまったく古代機械とは別の仕組みによって動いていたのかもしれません。そして、本当の《マスター》が訪れたときだけ、作動して、それをなかに通して古代機械の外側に連れてくるという――そういう役目があったのかもしれません。つまりまあ、門番ですか」

「だが、ならなぜ、俺たちまで引っ張り込まれたんだ。それに、じゃあそもそもグイン陛下はいったいどこに……」

「それは、私にはわかりませんよ、ヴァレリウスさま」

困ったように、ヨナは、いくぶんユーモラスなゆがんだ微笑をかすかに浮かべて云った。

「私はナリスさまよりずっと、古代機械についてはあとから研究をはじめたのですし、ナリスさまが長年かけて調べられたほどのことは私も教えていただきましたけれど、そのナリスさまとても、『この機械についてはあまりにもわからないことが多い。というより、どうやって動かせば、どのようなことをするのか、ということくらいはこの永の年月の研究で少しづつわかってきたけれども、ではそれが《なぜ》動くのかとか、どういう論理で動いているとか、また特に、この中の仕組みはいったいどうなっているのか、というようなことは、何ひとつわかってはいないのだよ、ヨナ』と常日頃仰せになっておられましたし。ましてこの機械の外側についているさまざまな付属物といいますか、付属施設のようなものについては、うっかり動かして古代機械に悪影響があっては、というようなおそれもあって、あまり思いきった実験は出来なかったのです。ですから、古代機械そのものよりも、その周辺の設備や器具のほうが、はるかに私たち研究班にとっても謎が多かったので」

「そんなことをいってる場合じゃないだろう。もしかして、我々はこのまま……」

また、（縁起でもない）とばかりに、ヴァレリウスはあわてて口をつぐんだ。

そして、うらめしそうにヨナを見やったが、ヨナはそれほどいまのこの閉じこめられてにっちもさっちもゆかぬ状況をおそれるようすもなく、なおも熱心に、透明な障壁のこちら側から、首をのばして、壁の向こうの状況を眺めていた。

「すべての電源ランプが消えている」

ヨナがつぶやくのが聞こえたが、ヴァレリウスにはよく何のことだかわからなかった。

「ということは、やはり、グイン陛下がこのなかに入っていっても、古代機械そのものはまだよみがえっているわけじゃあないのだ。――ということは……しかし……」

「ヨナ。頼む。そんなに落ち着いてる場合じゃない。このせまくるしいところからは、いったいどうやって出たらいいんだ」

ついに、ヴァレリウスはたまりかねて本音を吐いた。ヨナは一瞬、眉を寄せた。

「わかりませんが、しかし、これまでと同じようにしてみて、なんとかなるのかどうか――ともかく、これまで古代機械のある部屋に入ろうとしたときのように試してみましょうか」

「そんな方法があるんだったら、早くしてみてくれ」

ヴァレリウスは思わず叫んだ。

「それにグイン陛下のことも……早く探さなくては……」

「ちょっと、お待ち下さい。もっとも、これは古代機械そのものに命じる方法なのですから、古代機械が止まっているときに、はたしてどのような効力があるものか……まあやってみます」

ヨナは、足元の床と天井を注意深く見回していたが、やがて一個所に求めていたものを探し当てたらしく、そこに立ち止まった。そして手をあげ、上にかざすようにして、叫んだ。

「我々は《最終マスター》を探しにきたものだ。中に通してもらいたい」

「言葉がわかるのか……」

思わずヴァレリウスはつぶやいた。しかし、実際には、なにごとも起きなかった。

「何も、起きないじゃないか」

「ですから、これは、古代機械にこちらを見分けてもらおうと思っているのですからね。古代機械が止まっているときにきくかどうかはわからないといったでしょう」

「そんな――」

「もう一回、ちょっと違うようにやってみましょう」

ヨナはもう一度手をあげた。まるで、その掌の温度を感じとってほしいかのように、たなごころを上にむけて、手をなるべく天井に近づけようとしながらまた声を張る。

「我々は古代機械の《ファイナル・マスター》グインに会わなくてはならぬ。ここを通してくれ。古代機械」

古代機械は、しずまりかえっていた。

ヴァレリウスは、しだいにつきあげてくる、恐慌の危機と懸命にたたかった。よく訓練された魔道師でもあったし、また決して臆病な男でもなかったが、しかし、この状況のなかには、何か原初的な、あらがいがたい恐怖心をそそるものがあったのだ。それは、（このまま、ここで、出ることも進むことも出来なかったら……）という恐しいまでに圧倒的な恐怖心であった。

（このままここで——ひからびた二つのミイラになるまで、閉じこめられてしまったら……）

古代機械は、何ひとつ、反応を見せる気配もない。

それは、相変わらず、薄暗い室のなかにひっそりとしずまりかえっており、まったく何の動きも示さない、ただの、複雑きわまりないかたちの奇妙な物体にすぎないかのようであった。誰が、何のために作り上げたのかもわからぬ、いたってぶきみな、奇妙な物体。

それはむしろ、きわめて手のこんだ墳墓のなかででもあるかのように見えたし、また、その古代機械そのものが、はるか昔に死に絶えてしまった、世にも奇妙などこか違う惑星からやってきた怪生物の骨格ででもあるかのようにも見えた。

そして、何の音もしない。——ヨナとヴァレリウスのどちらかが口を開かぬかぎり、ここは、おそろしいほどに圧倒的な静寂に覆い尽くされているのだった。

「あああああ！　気が狂いそうだ」

ヴァレリウスは小さく口のなかでつぶやいた。それから、決死の形相でヨナをふりかえった。

「なんとかしてくれ、とあなたにいうのは筋違いかもしれないが、あなたが、云ったんだ。この機械は何も危害を加えることはない、と——それは、グイン陛下だけの話だったのか？　我々ははたして……本当に……」

（無事に外に出られるのか？）

　またしても、ヴァレリウスは、そのことばをあやういところで飲み込んでしまった。それを口に出してしまったら、本当に恐慌状態にとらえられてしまいそうな気がしたのだ。

　ヨナは充分にわかっている、というようにヴァレリウスを見た。

「もう一度やってみましょう」

　云うと、ヨナはこんどは、向きをかえてみたり、また、場所をもかえてみたりしながら、しきりと、同じようなことばを、壁のむこう——それとも壁そのものにむかって投げかけてみた。だが、無駄であった。すべてのヨナのことばはまったく何の反応も引き起こさなかった。

　ヴァレリウスは、いよいよ、じわじわとパニックの波が迫ってくるのを懸命に、ありったけの理性をふりしぼってこらえなくてはならなかった。ヨナが、内心からそうなのか、それとも意地で表面だけでもそうしているのかわからないが、妙に落ち着き払っているのが、ひそかにいまいましい。だが、ヨナがそうしてくれているおかげで、自分も、恐慌のなかに崩れおちてゆかないですんでいるのだ、ということは、ヴァレリウスにもわかってにいた。もしも、ヨナのかわりに、まったく事情を飲み込めていない——それこそマリウスだの、リンダだのが一緒にいたとしたら、とっくにヴァレリウスのほうの神経が耐えきれなくなってしまっていたに違いない。

「グイン王はどこだ」

ヨナが、いろいろと言い方をかえて、なんとか古代機械が受け付けてくれぬものかと、声をかけていた。

「《ファイナル・マスター》グインはどこにいる。——情報を提供せよ。グインはこの中にいるのか」

ヨナが、「情報」ということばを、これはただの偶然であったが、はじめて口にした、そのとたんだった。

ふいに、ぶーん、という音がまわりからいちだんと強まった。

「おい——これは……」

ヴァレリウスが叫ぼうとしたとたんに、ふいに、目の前の、古代機械を封じ込めている強化ガラスの障壁が、真っ暗になった。

かれら自身のいる狭い空間のなかも当然真っ暗になったのだ。ヴァレリウスはあわてて手をのばして、ヨナの手をつかんだ。

「ヨナ！」

「しっ、静かにして」

ヨナが囁いた。

「どうやらいまのことばのどれかがキーワードだったらしい」

「まるでドールの地獄のように暗いぞ。鬼火を出してもいいか」

「いまはまだ何もしないほうがいいでしょう。ほんのちょっと待っていて下さい。この音は、何かが——機械のなかの何らかの作用が動き出している音です」

「機械が——動いて……」

ヴァレリウスはごくりと唾を飲み込んだ。

ヨナも、しっかりとヴァレリウスの手をつかんでいた。そのまま、かれらは、息を詰めて待った。神経が削り取られるような沈黙と無為の時間が流れた。

2
「ヨナ——これは……」

たまりかねて、ヴァレリウスがまた云おうとした、その刹那だった。

「あっ！　ヴァレリウスさま、あれを」

ヨナが低く囁いて、ヴァレリウスの腕を強くつかんだ。

もとより、ヴァレリウスも、同時にそれに気付いていた。ぶーん、というかすかな音が、最高潮にたかまると同時に、目の前の、古代機械の室のなかが、まるきりこれまでと違うあかりに照らし出された——真っ暗ななかに、ぼんやりと、黄色みがかった、妙に親しみぶかくもあれば、逆に妙にぶきみにも見える、光のかたまりのようなものが生まれたのだ。それは、横に長く、そして、ちょうどかれらの目の高さほどの位置にあった。

それは、最初ぼんやりしていたが、みるみる、もやっと明るさを増していった。それは、おかしな話だったが、ヨナとヴァレリウスの目からは、奥の、古代機械のある室がなくなってしまったか、後退していって、かわりに違う何かの室がそこにせりあがってきて、そのなかにその光だけがある、とでもいうように見えた。そこに光があるにもかかわらず、その光はまったく、そのうしろにあるはずの古代機械を照らし出してはいなかったから、そう見えたのだ。それはまるで、真っ暗な宇宙空間のなかにぽかりと浮かび上がっている、横に長い光の卵のように見えた。

二人は、顔を見合わせたが、その光の卵が出てきたとたんに、ほかの場所はいちだんと暗さが増したかのように、もう、こちら側では互いの顔さえ見分けることも困難なくらい暗くなっていた。そして、その分、その横長の巨大な光の卵は、かれらの見守る前で確実にそのまばゆさを増していっていた。

ほとんど、正視することさえ耐え難いほどに、一瞬、その光の卵がまばゆくなった刹那、今度は、ふいに、その黄色っぽい光の内側に、何かもうちょっとおだやかな、透明な白っぽい光が生まれた。まるで、その卵の内側が透視されたかのようだった。

「あ！」

「あれは――！」

思わずヴァレリウスも、沈着にふるまっていたヨナも叫んだ。それも当然だった。その卵の内側に、よこたえられていたもの、それは――

「陛下！」

ヴァレリウスは叫んだ。

「グイン陛下！」

「ええ……」

ヨナが、ますます強く、ヴァレリウスの腕をつかんだ。だが、ヴァレリウスも、痛みひとつ感じなかった。

まさしく、それは、グインであった。先に、この銀色の奇怪な卵のなかに青白い炎に包まれて吸いこまれていったグインが、その、光の細長い卵——いまやそれはまわりが光に包まれているけれども、なかみはまったく透き通っていたし、いまとなってはその形状からすると、なんとなく、卵というよりも、繭のように見えてきていた——のなかに、仰向けに横たわって、宙に浮かんでいた。

そう、まぎれもなく、それは宙に浮かんでいたのだ。グインの目はとじられ、両手はかるくのばして体側にあてられ、両足ものばされていた。奇怪なのは、グインが、ここに吸いこまれていったときのままの格好であったから、足首までの長いマントをつけているのだが、そのマントもまた、下に垂れ下がりもせず、グインのからだを包み込むようにして、ふわりと横に、まるで目にみえぬ台の上におかれているかのように裾が少しひろがっていることだった。グインは、その姿勢のまま、目に見えぬ繭に閉じこめられているかのように宙にうかび、ぴくりとも動かなかった。

「陛下！」

ヴァレリウスはそっと、この異変をひきおこしているなにものか――それは眠れる古代機械そのものであったかもしれないし、それに関連するなにかであったかもしれないが、それを刺激しないようにと気にしながら、呼びかけてみた。何の反応もないので、ヴァレリウスは少し声を大きくした。

「陛下！　グイン陛下！」

グインは、答えぬ。

しかし、そのヴァレリウスの声に答えるかのように、グインを閉じこめているその透明な光の繭のまわりに、かすかに、青白い光がくるくると飛び回った。それに力を得て、いっそうヴァレリウスは声を強めて呼びかけてみた。

「グイン陛下！　私です、ヴァレリウスです！　聞こえますか？　聞こえておいでになりますか？　お気を確かに！　もし、聞こえていらしたら、ちょっとでいいですから、手をあげて――聞こえている、という合図を私に！　陛下！」

「陛下は、気を失っておられるか――眠っていられるんだと思いますけれども」

ヨナが、低くヴァレリウスに云った。

「わかりませんが……なんとなく、あのお姿は、ただああしていられるようには見えませんから。それに、ほんもののグイン陛下かどうかだって」

「何だって」

ぎくっとしてヴァレリウスは云った。

「いや、私がいうのは……もしかしてあれは、どこかから投影されている幻影かもしれない、というようなことですが。だってあのように空中に陛下のおからだを浮かばせておけるような設備は、古代機械の部屋には何もなかったのは私がよく知っています。それにこういっては何ですが、陛下は普通の人間よりずいぶんと――重くていらっしゃるんだし」

「それもそうだが、しかし……」

「魔道でだって、かなり遠くにいる人間を、あのようにして、本当はどこかのベッドの上によこたわっているのを、映像を遠くにうつしだして、ああして実体のないすがただけを見させることは簡単でしょう。たしか、遠映《とおうつ》しの術とかいうのが、なかったですか。――それを、古代機械の文明なら、科学的な技術でもって、やってのけることなど、簡単かもしれない」

「ああ、それは確かに――だが、だったら、誰が――何のためにどこから……どうやって……」

ヴァレリウスのことばははからずも疑問符尽くしになった。

「わかりませんが、しかし、もしあれがその遠映しの術だとすると、それをやっているものたち――それとも、もの――は、間違いなく、『私たちに見せるために』やっているんだと思いますよ。だって、ここには、私たちしかいないんですから！」

「ウーム……」

ヴァレリウスは思わずルーンの印を切った。

「いったいこれは……」

「古代機械は眠っているわけですから……それとも、古代機械のなかで、本体は眠っているあいだでも、起動にそなえて動き続けているものがあるのかな。それとも、グイン陛下がこのなかに入っていったということで、いよいよ、古代機械はふたたび目覚め、始動したのでしょうか。ここから見ているかぎりではそうとはとても見えなくても」

「ウーム……」

ヴァレリウスはまた唸った。

そして、目を皿のようにして、じっと目の前の、横たわったまま宙づりにされているグインのすがたを見つめた。

グインは、静かに目をとじ、そのたくましいからだは、完全に意識を失っているかのように、弛緩しきってはいないが完全に脱力して、宙に横たわったままになっている。その手も足もまるきり動く気配もない。むろん目が開く兆候もない。

しばらく、そのまま、ヴァレリウスにとっては永遠かと思われるほど長い時間が過ぎた。

が、その直後に、ふいに、こんどは、さっきからずっときこえていたぶーん、ぶーんという音とは違う、ふるふるふるふるふるふる——というようにもきこえる奇妙な小さな耳ざわりな音が聞こえてきた。

と思ったとたんに、その音に触発されるようにして、小さな、黄色みをおびた光の線のようなものがその繭のなかの、グインの頭のあたりにどこからともなく飛び出してきた。

そして、目を張り裂けるほど見開いているヴァレリウスとヨナの前で、その小さな光の線は、グインの豹頭のまわりを、ぐるぐるとかけめぐりはじめたのだ。

それは、主として、グインの後頭部から額にかけてだけをかけめぐっており、口もとや首のほうへはゆくようすが見えなかった。それは、まるで、小さな光の箭がそのうしろに光の水脈をひきながらどんどん伸びてゆくかのように、グインの頭のまわりをまわっていたが、おそろしく早いので、まだ前の水脈が消えないうちにそこにまた光の箭がさしかかり、それで、それはまるで、そういうかたちの線状の紐で編んだかぶとをでも、グインの頭につけたかのように、けっこう複雑な螺旋を描きながら、グインの後頭部から額にかけてをおおいつくしはじめた。

ヴァレリウスとヨナはただ息を詰めて見守るばかりだった。そうするうちに、こんど

は、グィンの足元のほうと、そして指先のほうとから、つごう四本、新しい光の筒が出てきて、それは頭を覆っているものよりいくぶん太目だったが、ゆるやかにグィンのからだを、それぞれその先端から出てきた手足を一本づつ巻くようにしながらのぼってきはじめた。そして、胴体の部分にさしかかると、また、ゆっくりではあったが頭の部分をめぐっている光と同じような動きをはじめたので、ついに、グィンの全身は、ちょっと細めのと、やや太目のと、何本もの光の線で編み上げられた籠に入っているかのようにさえ見えてきたのだった。

「…………」

「…………」

ヴァレリウスとヨナは、なおも、もう互いに目と目を見交わすことさえ忘れて、じっとこのようすを見つめていた。ヴァレリウスも、これがただごとならぬ事態であると感じて、もう、ここに閉じこめられて出られないかもしれぬ、という恐慌をさえ忘れていた。もとよりヨナのほうは研究者であるだけに、ほとんどうっとりとして、茫然とこのようすに見とれてしまっていた——このような事態は、あきらかにヨナにとっても、まったくはじめて目にするものであったのだ。

いまやグィンは完全に、透明な光の繭のなかでもう一度、精緻に編み上げられた光の籠のなかに閉じこめられているように見えた。それから、もう一度変化がおきた——おそらく光の籠は完成したのだった。下から、胴体を包み込むようにのびていった光の糸と、頭を包み込んでいたもの——顔の下半分だけはなぜか、それは避けていたが——が、さいごに顎の下あたりでぴたりと合致すると、（これでよし）というかのように、それは、何回か、呼吸するようにふくれあがってきらきらと輝いた。

そして、そのまま一瞬じっとしていたが、それから、さらに何回か呼吸するようにのびちぢみし、それから、ゆっくりと、まるで冷えてゆくかのように、その光の籠を編んでいる糸の色が、黄色みをおびたまばゆいものから、青白い、むしろひんやりとした感じをあたえる蛍光のような色あいにかわっていったのだ。そして、さいごに、まるでその青白い光が、グインの体内に吸いこまれるようにして、ふっと、すべて消えた。

グインは、その間、まったく何も感じぬかのように、ただ静かに、まるで巨大な彫像のように横になったままであった。

目が飛び出しそうな顔で見つめているヴァレリウスとヨナの耳に、ふいに、すでに何回か聞き慣れた、あの奇妙に非人間的な声が、頭上から降ってきたとも、それとも部屋じゅうに響き渡ったとも知れずに、いんいんとひびいてきた。

「走査ヲ完了シマシタ」

その声はそう告げた。

「大キナしすてむ異常ハ見アタリマセン。左前腕部上部ノ破損ハ修復シマシタ。根本ノ動作ニハ影響ハナイモノト思ワレマス。ぐらんどますたー・ぐいんノ全身すきゃんにんぐハ終了シツツアリマス。でーたばんくノめもりノ破損ニツイテハ、《らんどっく》母星ヨリ、第五次ノ修正ノ命令ニ該当スルでーた・こんとろーるヲ部分的ニノミ修復セヨ、トノ指令ガ適用サレルけーすト判断サレマシタノデ、当該ノ部分的ニノミふぁいふぁ・ぶれーんノでーたヲ修復シマシタ。最終的ちぇっくヲ終了シタラ、再ビ意識れべるヲ起動状態ニ変更シマス」

「なんだって……」

ヴァレリウスはめんくらって云った。その声が云ったことばの半分も、ヴァレリウスには理解できなかったのだ。

ヨナは真剣そのものの顔で聞いていた。だが、ヨナの顔にも、すべてを理解した、という表情は浮かばなかった。

「ランドック」

低く、ヨナは必死のおももちでつぶやいた。

「部分的にのみ——何だって？　何のことだろう、何のデータを……修復？　修復したって……まさか——」

「最終チェックＯＫ」

人工的な無表情な声が告げた。

「コレヨリ起動状態ヘノ変更ガオコナワレマス。入室者ハスミヤカニ退去シテ下サイ。入室者ハ退去シテ下サイ。再起動ノサイノ放射線ノ影響ガ懸念サレマス。——修復完了。れべる起動もーどニ変更」

「陛下っ——」

ヴァレリウスが叫ぼうとした。

その瞬間だった。

「あぁッ！」

また、ヴァレリウスの口から——ヨナの口からも、反射的な叫び声がほとばしってい
た。同時に、すべてが暗転した。


どうやら、その状態は、かれらにとっては、必ずしも、はじめて経験するものではなかった。

すでに、この《銀色の卵》の内部に引きずり込まれたときにも、いったんそれに似たものを経験していたが、それより以前に、かれらは二人とも、グインとアモンとの、はるか彼方への転送がおこなわれた直後にも、ここがこういう状態になったのを、経験していたのだ。

あたりは真っ暗になり、それまでどこからさしこんでくるのかわからぬあかりでくっ

きりと浮かび上がっていたすべてのまわりの様子は一切見えなくなった。あの転送のあとと違っていたのは、床ごとすべてが鳴動するような巨大な震動が感じられなかったことだったが、そのかわりに、からだがぐるりとまわって放り出されたかのような状態で、かれらはまた、床の上に叩きつけられていた。さっき、《卵》の内部に吸いこまれて、意識が戻ったときとほとんど同じ状態だったが、こんど、かれらの感じていたのは古代機械の建物のつるりとした床ではなく、石畳のざらりとした冷たい肌触りだった。

「ヨナっ！」

ヴァレリウスは叫んだ。

「大丈夫か！　どこにいる！——くそ、まるで、ドールの腹のなかみたいに暗くて何ひとつ見えん」

ぶつぶついいながらヴァレリウスはからだを起こした。またしても、さっきしこたま打ってしまった腰を打ち付けたので、えらく不機嫌だったが、そうもいっておられなかった。

「ここはいったいどこなんだ。くそ、鬼火は通じるかな……」

ヴァレリウスはルアーの印を結んだ。さいわいにして、そこはもう、古代機械の、魔道の力を封じてしまう結界のなかではなかったようだった。ぼうっと、青白い鬼火がヴァレリウスの手のさきに生まれ、あたりがその火に照らされておぼろげに浮かび上がる。

ヴァレリウスはそれをもうひとつ生み出して宙に浮かべた。ヨナが、よろよろと上体を床からおこすのが見えた。

「ヨナ。無事か」

「私は大丈夫です。ヴァレリウスさまは」

「また同じところをしこたま打ってしまった。思いきり黒あざになっていそうだ。しかし、なんだか……」

ヴァレリウスはヨナが無事だとわかったのでほっとしながらも、思わず眉をしかめた。

「なんだかまるで――なんだかまるで、古代機械に、というか、その外側を守るあの変な卵に、無法に吸いこまれて引っ張りこまれ、そのあげくに、もういらんからとペッと放り出されたような、なんだかまるで蛇に飲まれてからいらんと吐き出されたトルクになったような気がするぞ。――なんてことだ」

「ここは――」

「床や壁の具合を見ているとどうやら、またあの銀の《しゃったー》の外側に放り出されたようだ。まあ、とにかく、あのなかに閉じこめられて死ぬまで出られない、という状態よりはずっとマシだとは思うが」

思った以上に、ヴァレリウスはあの幽閉状態がこたえていたので、そこから出られたことで思いがけないほどほっとして、かなり饒舌気味になっていた。

「あのままじゃあ、もう、誰にも見つけてもらえず――グラチーにさえだ――あのままひからびてしまうしかないかと思った。――いやいや、まあ、それにくらべれば、ぺッとはき出されたといっても、そのほうがどれだけマシかしれないな。ところで――あッ」

「ヴァレリウスさま、あそこに！」

ヨナとヴァレリウスは同時に、ちょっとはなれた、鬼火のあかりが半分ほどしか届いていない暗がりに、ひとの足らしきものを見つけて叫び声をあげた。

素早くヴァレリウスが鬼火を拡大して、そちらにむかって移動させた。鬼火の青白いあかりがぶきみに照らし出したのは、まごうかたなき、豹頭王グィンの姿だった。あの、古代機械の室で、ぼんやりと光の繭のなかに浮かび上がったときとまったく同じ姿勢で、両手を体側にのばし、両足も伸ばし、目をとじ、ただあのときと違って空中ではなく、本当の床の上に仰向けに横たわったまま動かない。

「陛下ッ！」

「グイン陛下！」

ヨナとヴァレリウスは同時に叫ぶなり、そちらにむけて駈け寄った。何も、かれらがグインのからだにとりすがるのをはばむあやしい力などは働かなかった。

「陛下。お気を確かに！」

「陛下、大丈夫でございますか？」

　ヨナが急いでグインの太い手首をとり、脈をとる。

「脈には異常はありません。陛下はただ、気を失っておられるだけのようです」

「陛下のことも、あの卵のやつが吐き出したのかな。――グランドマスターだのどうのといっていながら、失礼なやつだ」

　思わずヴァレリウスは云った。そのとき、グインのからだがぴくりと動いた。

「あ、気が付くぞ。――ヴァレリウスさま、魔道の気付け薬はお持ちではありませんか？」

「ああ」

　急いでヴァレリウスがかくしから取り出したかぎ薬をグインの鼻の下にあてがうと、グインのからだがさらに何回か大きく震え、そして、グインの目がぱちりと開いた。

「う……」

　その口から、かすれた声が漏れる。つづけて、さらに声がもれた。

「ここは……何処だ。俺は……」

　ヨナの施術で、強力な麻酔をかけられたときの、目覚めにも似ていたが、そのときよりはむしろ、よほどはっきりとした声だった。

「陛下！　グイン陛下」

「陛下!」

ヴァレリウスとヨナがここぞと両側から声をかける。グインは、のろのろと首を動かし、二人を見た。トパーズ色の目がまたたいた。

「ああ……」

「おからだはいかがでございますか? どこか、お痛みのところは?」

「ヴァレリウスか」

グインの口から、かすかな声が洩れる。

「いや。痛むところはないが——俺はどうしたのだ? よくわからぬ——ここは何処だ?」

「ここは、ヤヌスの塔の地下の、古代機械を封印した壁の外のようです」

ヴァレリウスは自分でもちょっと自信がなくなっていたので、慎重に答えた。それから、おや、というように、グインを見直した。

「陛下。——わたくしが、おわかりでございますね?」

「何をいう、ヴァレリウス。当り前だろう」

グインが答える。はっとなって、ヴァレリウスは、ヨナをかたわらから、グインの前に押し出すようにした。

「では陛下、この者にお見覚えはおありになりましょうか?」

「何をいっている。おかしなことばかり云うな、ヴァレリウス」

　グインが答えた。そして、ようやく、のろのろと、からだが重たそうに身をおこす。

「なんだ、俺はなんでこんなところに寝ていたのだ？　古代機械を封印した壁の外だと……」

「陛下、この者の名がおわかりでございますか？」

「最前から、何を妙なことばかり云っているのだ、ヴァレリウス。知っているに決まっている。パロ聖王国参謀長、ヨナ・ハンゼ博士だろう。このように印象の強い人を見間違うわけがあろうか」

「陛下……」

　一瞬、ヨナとヴァレリウスは顔を見合わせた。

（でーたばんくノめもりノ破損ニツイテハ、《らんどっく》母星ヨリ、第五次ノ修正ノ命令ニ該当スルでーた・こんとろーるヲ部分的ニノミ修復セヨ、トノ指令ガ適用サレルけーすト判断サレマシタノデ、当該ノ部分的ニノミふぁいふぁ・ぶれーんノでーたヲ修復シマシタ）

　ヴァレリウスにも、ほとんど意味不明にしか思われなかった、あの謎めいた声が脳裏によみがえる。覚えてさえおけば、誰か、きちんと解析してくれるものもあろうかと、ヴァレリウスは魔道師の記憶術を使って、瞬時に、その得体の知れぬことばをすべて、記憶に叩きこみ、刻みつけてあったのだ。

「陛下……陛下は、これまで、どうしておられたか、おわかりになっておいででしょうか？」

ヴァレリウスはためらいがちに聞いた。グインは記憶を取り戻したのだろうか——だが、もしかして、それと引き替えに、転送からここにいたるすべての記憶を失っていはしないだろうか、という異様な思いが、よぎったのだ。（ヴァレリウス）と呼びかけたグインの声には、明らかに、きのうまでとまったく違う何か——これまでと同様に当然のこととして知っている相手に呼びかけるような、「よく知っている」響きが感じられたのだ。

「どうして、ここに——だと？　いや、それはわからぬ。そもそも、ここは何処なのだ。それも俺にはわからぬ——古代機械を封印した壁だと？　古代機械というのは、何だ？」

聞くなり、ヴァレリウスはまたしても愕然としてヨナと顔を見合わせた。

「古代機械のことを——ご記憶にありませんか？」

「聞いたことはあるようだ。そうだ、ナリスどのが確か研究しておられた——長年かけて研究しておられたパロの古代遺跡ではなかったかな。だが、俺とはあまりかかわりがないことだ。それが、どうかしたのか？」

グインのいらえをきくなり、ヴァレリウスは思わずヨナをつついた。そして、
「これは、大変なことだぞ」と囁いたのだった。

3

まさに、ヴァレリウスにとっては――いや、ヨナにとっても、それは『大変なこと』であった。

ヴァレリウスとヨナは、急いでグインを連れて、長い通路を出、ヤヌスの塔の外に戻って、そこに待たせてあった馬車で聖王宮に戻った。その途中にも、だが、激甚な驚き――一種恐怖にさえも似た驚愕が、かれらを待っていた。

「ヴァレリウスさま」

馬車にグインを乗せて、それが走り出したとき、ヨナが気付いてはっとしたように囁いたのである。

「陛下の左腕――あとで、お部屋に戻ってから診察してみなくてはなりませんが、なんだか、動きがきのうまでと違います。――なにも、お怪我などしておられぬかのようだ」

「何だって」

ヴァレリウスは叫びそうになったが、たびかさなる驚きとショックにすっかり愕然となっていたので、それ以上それについてふれる気にはなれなかった。

だが、とるもとりあえず聖王宮に戻り、リンダやハゾスたちにもまだ何も説明するのは早すぎる、と思われたので、人目を避けてグインの居室にあてがわれている聖王宮の一画にもどると、ヴァレリウスの最初にしたことは、まず魔道師たちを呼んで厳重にこの一画の人払いをし、そして結界を張らせることだった。そして、ガウスに頼んで、グインの親衛隊にこの一室の周辺を厳重に封鎖させ、誰もよりつけぬようにしてから、あらためて、ヨナとヴァレリウスとで、グインの「怪我の状態を見るから」と、衣服を脱がせた。

「怪我だと」

だが、グインはけげんそうだった。

「どういうことだ。俺は怪我など、しておらぬぞ？」

「いや、そうかもしれませんが、ともかく、ちょっと診察させていただかなくてはならぬことがございますので」

ヴァレリウスはもごもご云い、グインのマントをとりさり、上半身を裸にさせた。それ以上はグインはあえてあらがわなかったが、けげんそうなようすはかわらなかった。

（大キナしすてむ異常ハ見アタリマセン。左前腕部上部ノ破損ハ修復シマシタ。根本ノ

動作ニハ影響ハナイモノト思ワレマス）

あの《声》がヴァレリウスの耳のなかにも、ヨナの耳のなかにもまだ響いているかのようだ。はたして、あらわにされたグインのなみはずれてたくましい上半身には、驚くべきことが起こっていた。きのうまで、いや、今朝までも、朝晩に包帯をとりかえ、塗り薬を塗り、いたみどめの薬草の湿布をしてまた包帯をまいて、つい先日まではうっかり動かさぬよう釣り布でつっていたほどの大怪我をおっていた左肩は、包帯こそ巻いてあったが、グインが、「俺はいつのまに、怪我などしたのだ？　怪我などしておらぬぞ」とけげんそうな顔で見ているのを、包帯をとき去ってみると、まさしく、そこには、怪我のあとひとつ――古傷の治ったあとさえもありはしなかったのだ。グインのからだはいかにも歴戦の戦士らしく、あちこち、昔の古傷とおぼしいものがついているが、左肩から腕にかけては、たくましい筋肉が盛り上がっているだけで、日に焼けた肌には、何の傷あともなかった。

「そんなばかな……」

ヴァレリウスはほとんど青ざめていた。ヨナの目も、異様な光をたたえている。

「俺はこの手でくすりを塗ってさしあげまでしたのだ。――ヨナとても、機能回復の訓練のための計画をたてたりするので、陛下のお傷のようすはその目で何回もじかに見ているはず。――ついきのうとても、もうだいぶ左腕が動かしても痛くなくなったので、もう一段包帯を小さくしようか、と陛下がいわれたばかりだったはずだ。おぬしがそういっていただろう、ヨナ」

「そのとおりです。きのうは新しい薬にしてみようと思ったので、ガルシウス博士ではなく、私が自らお持ちしました。――そのときにも、ひどく肉がはぜて、そのあとを縫い合わせてあるむざんな傷あとを、この目ではっきりと見ております」

「だが、その傷あとはどこにもない」

ヴァレリウスは茫然としながら云った。

「陛下。左腕を動かしてみられて下さい。どこも、なんともございませんか」

「何をいっているのかわからぬが、どこもなんともないぞ」

なおもいぶかしげに、グインが答える。そのようすを見ている限りでは、とうてい、それが嘘いつわりをいっているとも、何かそのように装っているとも思うことは出来なかった。

「陛下は――左肩に、お怪我をおわれたご記憶はないのでございますか？」

ためらいがちに、ヴァレリウスが聞いた。

「ない。というより、ないだろう、怪我のあとなどどこにある」

「それは、そうなのでございますが――すみません、ちょっと、飲み物などをお持ちさせますので、ここでお待ちを」

ヴァレリウスはヨナに合図して、いそいでそこを抜け出した。小姓に、「陛下にカラム水をお持ちせよ。ただし陛下が何か話しかけてこられても何もお答えしてはならぬ。おわたししたらすぐひきさがるように」と命じておいて、控えの間のかたすみにヨナを引き寄せる。

「これは、どうしたことだろうな、ヨナ」

「まあ……古代機械の云ったとおりなのでしょうね……」

ヨナもためらいがちに答えた。どう考えてよいのか、かなりとまどっている、というようすだ。

「というと――」

「つまり、古代機械――あるいはそれに付属している、古代機械そのものは停止しても、あの銀の卵を動かしていたりする部分の機械が、《最終マスター》が戻ってきたので、ええと何といっておりましたか――走査、そうだ、走査して、そしてあちこちに――ご記憶だの、左肩だのに異常があったので、それを『修復した』という――そういうことだと思うほかは、ないのではないでしょうか」

「確かに、そう思うほかはないが……」

ヴァレリウスは唸った。

「だが、俺やヨナのことは、どうやらまったく、ご記憶をなくされる以前と同様に覚えていらっしゃったようだが、お怪我の記憶がない、ということは……あのお怪我はタイスで、豹頭王をまねた剣闘士に扮して、クムのガンダルと戦われたときに、おわれたものだが、ということは陛下には、その記憶もおありにならぬのかな。――というか、今度は、そちらのほうの記憶を失ってしまわれたのかな……」

「これは、しかし、相当慎重にいろいろ調べてみなくてはなりませんね」

ヨナも頭をかかえるように云う。

「陛下が、今度は何を覚えていらして、何を覚えておいでにならないか。――もし、転送以後のご記憶をすべてまた失ってしまわれたとすると、スーティ王子だの、この、タイスをぬけての旅のことだのも忘れてしまっておられることになる。それどころか……」

「さっきは、古代機械についての記憶さえ、あまりおありにならぬようだった」

ヴァレリウスは呻くように云った。

「ということは……もしかして、もっとずっと以前にさかのぼって記憶を消失してしまわれたのだろうか？　アモンのことは覚えておられるだろうか――古代機械のなかでのあまりにも数奇な出来事のことは？　もしも、それ以前のどこかの時点に戻ってしまっておられるのだとすると、そのあとのことを、どうご説明したらいいのだろう？　というか、陛下御自身が、ますます混乱されることになってしまうのじゃないか？」

「あの声は、なんだかよくわからないけれど、とても重大そうなことを云っておりましたね——『修正の命令に該当する……』何だったかな……」

「『第五次ノ修正ノ命令ニ該当スルでーた・こんとろーるヲ部分的ニノミ修復セヨ、トノ指令ガ適用サレルけーすト判断サレマシタノデ、当該ノ部分的ニノミふぁいふぁ・ぶれーんノでーたヲ修復シマシタ』」

ヴァレリウスは、魔道の記憶術で機械的にその記憶したことばを再生した。ヨナは痛いほど眉をしかめた。

「わかりませんね——なんとなく、こうなのかなと想像出来ないでもないけれども、それでも結局のところわからない。うーむ……」

「あなたにわからないようじゃ、専門外の俺になど、よけいわかるわけもないな」

ヴァレリウスも眉根をよせた。

「第五次ってのは何なんだろう？　そもそも——あの機械にとって、グイン陛下というのはいったいどういうかかわりをもつ、どういう存在なんだろう。確かに——確かにナリスさまも、《マスター》としてあの機械に認定されていたんだというけれども……なんだか、あの機械にとっては、グイン陛下、というものは、どうもまるきり——他の人間とは違った意味をもつ存在であるようだ。いや、もっとも……それをいったら、陛下そのものがまず、ほかの人間とあまりにも違った存在であることは確かなのだが……」

「私に云えることは……」

ヨナは深く考えこみながら、

「おそらく、グイン陛下は、《あの機械のやってきた文明》の側に属しておられたのではないか、だから、陛下についてだけ、あの機械は、まったく異なるようにふるまうのではないか、ということです。――それに、あの機械が、陛下のお怪我を直し――陛下のご記憶の損傷をも《修復した》のであることは間違いありません。多分、転送したときに記憶がそこなわれるというのは、あの機械にとっては、失敗か……それとも、あるていど想定内の誤差か……そして、それをあの機械が修正したのかな、これも推測の域は出ませんけれどもねえ。いずれにせよ、あの機械のことばを信じるなら、あの機械は、あらかじめ、陛下におこるそういう《損傷》や《いたで》を修復することも任務のうちだったのだろうか、ということです。『でーた・こんとろーるヲ部分的ニノミ修復セヨ、トノ指令ガ適用サレルけーすト判断サレ』といっていますからね……しかし、その結果、また陛下のご記憶が、混乱させられてしまったとすると……」

「ウーム……」

「まずは、ちょっと時間をいただいて――いったん陛下を、すべての雑音から隔離するのが必要ですね。失礼ですがリンダ陛下だの、ハゾスどのからも――一切の、いま陛下がかかわりをもっておられる人々から隔離し、そこで、ちょっと私とヴァレリウスどのと、あと数名、信用できる魔道師なり私の弟子なりに手助けをさせて、陛下のご記憶が、いまどこからどのようにひろがっていて、どこから先は欠落している、ということをすべてきちんと調べ上げましょう。細大漏らさず。そして、陛下がここにおいでになったときの状態と照らし合わせてみるのです。それによって、あの機械が勝手におこなってしまった『修正』というのがどのようなものかもわかるのじゃないかな。陛下にとってはまたしてもいたでかもしれませんが——いや、でも、記憶というものは、失う前こそ、失ってしまうことがとても辛くも苦しくも感じられるでしょうが、失ってしまったあとでは、自分が何を失ったのかわからないのですから、もう悲しむことも、辛いと思われることもなくなってしまうのですね。その意味では、陛下は、いまのほうが楽でおられるのかもしれないけれども……」

「それはわからん。しかし、スーティ王子のことをお忘れになってしまっているのだとすると、それはもしかして、われわれにとっては、かえって助かることになるのかな」

「というと？」

「いや、これはまあ、あまり褒められたものじゃない、ずいぶん政治的な判断かもしれないが、スーティ王子母子というのが、とてもこのさい大問題になってしまっていただけに——もし、陛下が、いままで持っていらしたような、強いきずなというか愛情を、あの坊やにいまは感じておられない、その記憶を失っておられるのだとしたら、たとえば、ケイロニアに頼んで、あの母子を、イシュトヴァーンに発見されぬよう安全なところへ、陛下には知られずにかくまってあの子が無事育つようにしてやる、ということも出来なくはないのじゃないかな、と思っただけだ。——陛下がとてもあの子を可愛がっておられたから、とうてい、そうやって陛下から引き離すのは無理かなと思ったのだが、もし、陛下が、あの母子のことをも忘れてしまわれたのだとすると、あの母子をイシュトヴァーンにかえしても、べつだん文句は言われないかもしれないし……」

「でも、それは……ちょっと危険のような気もしますけれどもねえ、あの母子にとっては……」

「だが、あの子たちをこのままパロにおいておけば、こんどはパロにとって『ちょっと危険』どころじゃなくなるんだぞ。——まあいい。その話はまだあとだ。それよりも、とにかく確かに陛下がどの程度、こんどは記憶をどのように持っておられるかは早急に調べないわけにはゆかないな——どうしたんだ」

「考えていたんですよ」

ヨナは、不思議な、深い瞑想的な声音で云った。

「何を?」

「考えていたのです。——もしかしたら、これは——陛下にとっても、きわめて容易ならぬことなのかもしれない。陛下だって人間です——もしかして、あの機械に半分以上支配されたり、結びついている、純粋な意味で普通の人間とは呼べない存在でおありなのかもしれませんが、それでも、こうして御一緒していれば、私たちと同じように、切られれば赤い血を流し、いとしいと思う者が不幸になることを案じ、記憶を失ったことに苦しみ、自分自身がどこからやってきたかということに不安を感じる――まあ、そういう意味ではごく普通一般の人間と同じこころのはたらきを持った存在でしかない。むろんいろいろな意味でけたはずれの存在であるにはしたところで、ですねえ。――でも、あの機械は、まるでそれこそ機械のように無情に、機械的に、あらかじめ受けている命令のとおりに行動するのですね。――陛下を《最終マスター》と認めてその命令に従ったことそのものも、また自分自身をああして、その《最終マスター》の命令により、地下に封じ込めてしまったのもそうですけれども、機械にはやはり感情というものは――ひとの子のような感情というものはなく、ただひたすら、命じられたとおりに動くわけなのでしょう。そして、陛下のご記憶をも、べつだん陛下の許可など得ないで、『《らんどっく》母星ヨリノ命令ニヨリ』修正の命令とかに従って《修正》して《修復》してしまう。――そもそも陛下がこの地に登場されたのも、そうやって、記憶を失ってルードの森にあらわれたわけですけれども、あれもおそらくは、そうやって、その《母星》――なんだかわかりませんが、その命令によって、されたことだったんでしょうね。そう思うと、つまりはその、命令を下している側のいうとおりに、命じたとおりに、古代機械も、そしてグイン陛下も動かされている——むろん、それはああしてあの機械にかかわった部分だけで、それ以外の面では陛下はあくまでも人間として、おのれの感じたとおり、信じたとおりに行動しておられるのでしょうが」

「おい」

ヴァレリウスは、いくぶん不安そうにヨナをのぞきこんだ。

「それは、何を云いたいんだ、結局？　確かに、その通りかもしれないが、しかし……」

「私は、ふいに——思っていたのです」

きわめて不思議な、瞑想的な声音で、ヨナはつぶやいた。

ヴァレリウスはふいに、ぎょっとしたように目を瞠った。その、ヨナの青白い、痩せたおもてと、その瞑想的な遠い声が、ふいにヴァレリウスに、《あるひと》を——いまはもうどこにも存在しない、それともマルガの湖畔にやすらかに眠っているあるひとをあまりにもまざまざと連想させたのである。

「ヨナ」

「私は、思っていたのですよ」

ヴァレリウスのその震撼には、少しも気付かなかったように、ヨナは云った。その声はふしぎないいんいんとした響きを帯びて、日頃のヨナの声というよりも、まるで、それこそ、なにものかに憑依され、なにものかが遙か遠くの《彼岸》から、ヨナの口をかりて、語りたくてたまらなかったことばを語ってでもいるかのようにきこえた。

「豹頭王グインは——いつか、どうあっても、《それ》と対決せざるを得なくなるだろう、と。——《それ》が何であるのか、それは正直いって、私にはよくわかりません。それは、この地上の、はかない人間には、とうてい知ることの出来ないような、きわめて巨大な何かで——たとえ見聞きできたとしてさえ、きっと理解できないかもしれない。この世界はこの私たち人間だけのものではなく、はるか、私たちにははかり知れないほどの遠くに、ふしぎな、想像を絶するような王国が存在しているのだと——そして、おそらくは、この古代機械も、そして豹頭王グイン陛下自身もまた、『そこ』からきたのだろうと……」

「………」

「しかし、こうして様子をみているほどに、グイン陛下自身は必ずしもその古代機械——あるいは、古代機械を通して陛下をあやつっているそのはてしなく巨大な《なにものか》によって、あやつられていることに満足しておられるとは思えない。あるいは、あやつられていることにさえ気付いておいでではないのかもしれません、記憶は、こうして修正されてしまえば、修正された、という記憶さえも失われてしまうのでしょうから。しかし、そうであればあるほど——いつか……」

「いつか——？」

「私にはそんな気がします。——あるいは、それが、吟遊詩人にも劣らぬような空想的な物語ではないか、とあざけられても仕方ないかもしれません。しかし、私にはそんな気がしてならない。いつか、ある日、陛下は、真相に気付かれる。そして、自分自身が、このはるかな《ランドック》からの指令によっていいように操られているからくり人形ではないか、という不満をお持ちになる。——陛下御自身の愛情や人間らしい気持、自由になりたい思いや自分自身について知りたい気持——それらを、この機械はすべて何も知ったことではなく《修正》してきたのではないか、とそういう気持がしますから。——そうして、そのことに、いつか、陛下が、もう我慢がならぬ、おのれの人生を、おのれだけのものに取り戻したい、というお考えを、お持ちになるにいたったとき——」

「その——とき——？」

「そのとき——陛下は、どうあっても、この中原をこえて——その《ランドック》に、この古代機械のふるさとに赴かないわけにはゆかなくなるのではないか、という、そんな気がするのです」

瞑想的にヨナはつぶやいた。その目は、その、見果てぬ光景、見知らぬはるかかな、超科学文明の星の世界をくりひろげてみるかのようにかたくとざされてしまった。

「むろん、これは本当にただの私の空想、やくたいもない妄想のたぐいにすぎないのかもしれない。でもそんな気がします。陛下は、このようにして――たとえ機械にでも、たとえおのれのふるさとにでも、思うがままに操られておいでになるようなかたではない。たとえ、最初は、その《ランドック》の人形にすぎなかったとしても、きっと、いまに、そうであることに気付いたときには、そうであることに反抗され、反乱されるに違いない――そのときには、陛下は、星々をこえ――あの古代機械に身をたくし……アモンともども転送されたよりも――ノスフェラスよりも、もっと遠いところへ……」

「ヨナ」

ヴァレリウスは、いくぶん不安になりながら囁いた。

「どうしたのだ。あなたらしくもないようなことばかりいう――何かに、もしかして、リンダ陛下ではないが、何かが下りてきたのか？　何かに憑依されたのか？　そうなのか？」

「そうかもしれないし、そうでないのかもしれません。私にはわからない。私には、憑依されるような、霊媒としての資質などないはずですから」

ヨナは目をとじたまま答えた。

「でも――なんだか、突然、おそろしくはっきりと何もかもが見えてくるような気がしてならなくなったのです。陛下は――グイン陛下はいつか、私たちのもとを去ってゆかれる。おいでになったときと同様――この地上に、リンダさまレムスさまの前に、そして我々の前にあらわれて数知れぬおどろくべき業績をとげられたときと同様、突然に、前触れもなく、私たちの前から去ってゆかれる。そうしたら、必ず、その陛下のゆくさきは《ランドック》です」

「その、ランドックというのは、何だ。いったい、どこにあるんだ」

ヴァレリウスは低く叫んだ。隣りの室にいるグインの耳に聞こえぬようにではあったが、それでも叫ばずにはいられなかった。

「そんな地名は聞いたことがない。それはこの中原にないことはわかっている。だが、それなら――地の底か、海のはてか。それとも、もっと――もっと遠いところか。たとえば、あの空のはてのような……」

「きっと――あの空の果てのそのまた果てかもしれません……」

ヨナはまだ、なにものかによって語らせられているかのように話し続けていた。その青白い顔はいよいよ青白くなり、その目は開くことを忘れてしまったかのようだった。

「そう、そして陛下はいつか行かれる。――いつか必ず《ランドック》においでになるでしょう。本来の――本当の自分、真実のおのれ自身を見出し、取り戻されるために。――そして、そのときこそ……そのあと、陛下は戻ってこられるかもしれないし、こられないかもしれない……それは、私たちには知るすべもない。だが、陛下は、いつか、《自分自身》と出会い、そして、失われた記憶を――このような古代機械にコントロールされたり、修正されたりした、切り刻まれたものではない、本当の、あるべき記憶を取り戻されるときがくるでしょう。――おそらく、そのときがこないかぎり、陛下は決して、本当には心やすらがれるときは来ないのかもしれません。誰しも、おのれ自身がなにものであるのか、どこからきて、そしてどこにゆくのかを知ることなしには、決して幸福にはなれないのでしょうから。それは、たとえ、豹頭王グインと呼ばれるほどの英雄豪傑であったとしてさえも」

「いったい――どうしてしまったんだ、ヨナ。きょうのあなたは――そうだ。きょうのあなたは、まるで――リンダさまになりかわってしまったみたいだ」

「私はただ、感じたことを云っているだけです。むしろ、グイン陛下にかわって感じているのかもしれない。陛下はお気の毒にも、またしても、正しく感じるすべを、あの機械によって《修正》され、失わされてしまったのですから。――それでも、陛下は――何回そのように記憶を失っても、失っても、絶望に叩きのめされることもなく、ああしてまっすぐに、おのれの感じるところに従って、こうべをあげて歩んでこられた。なんという勇気でしょう――これまでに陛下の示したどれだけの武勇よりも、私はそのほうが、どれだけ豹頭王グインというひとのすごさ、驚くべき底力を示しているか知れぬではないか、という気がしてならない。私などがそのように感じたところで、陛下にとっては何のなぐさめにもならないでしょうけれどね。でも、そう、いつか陛下は旅立たれるでしょう。はるかな《ランドック》へ。――そして、そのとき、はじめて、陛下は、『本当の自分自身』への旅をはじめられるのです。それまで――それまで、私たちは、もっともっとたくさんのことをこのたぐいまれな英雄について知らなくては、知っておかなくてはならない。陛下がひとたび旅立たれたら、いつまた戻ってこられるときがあるのかどうかは、もう誰にもわからないのですから。戻ってきて下さればよい――しかし、人間のいのちはあまりにも短く、おそらく『ランドック』はあまりにも遠い。それまでの陛下のこの地上での生はすべてかりそめなのでしょう。だからこそ、陛下はこんなにも――こんなにも辛い思いをなさるのでしょう。そう、いつか陛下は《ランドック》へゆかれる。そのときまで、私たちは――陛下から、学べるだけのことを学んでおかなくてはならないのです。もう、二度と、送り込まれてくるかどうかさえわからぬ、はるか彼方、もうひとつの世界からの唯一の使者なのですから」

4

「――というようなしだいで――このような御報告をするのは、遺憾、と申すべきか、それとも、それでもまだしもよかった、というべきか、私どもにもよくわからないのですが……」

ヨナの、一語一語考えながら慎重にしゃべることばを、ランゴバルド侯ハゾスは眉に思いきりしわをよせ、少しでも誤解せぬようにと懸命につとめながら、必死の形相で聞いていた。ハゾスはケイロニアの人間たちのなかでは相当にきわだって知的なほうではあったけれども、それでも、あくまでもケイロニアの人間であり、そのハゾスにとってさえ、このパロ、というあやしい三千年王国でおきることどもというのは、あまりにもあやしく、うろんすぎたのである。それは、まったく、ケイロニア人たちにとっては、まともなまっとうな話には思われぬようなことばかりでしかなかった。

「グイン陛下の記憶は、戻ったといえば、戻られたのです。ただ、かなりいろいろな部分で封印されています。――それは、明らかに、その――古代機械、それともその古代機械に付属している管理機械が、みずから云ったとおり、《ランドック》母星、と称する、古代機械のふるさとからの命令を受けてグイン陛下の記憶を操作した結果だと思われます。――それによって、再々の《修正》がおこなわれたのです。私どもの治療とは、これはなんら関係なかったのですが」

「ううむ……」

このようなことを、どう考えればいいのだろう、とわからず、ハゾスはしきりと首をひねった。

「ということは……単刀直入にいっていただいて……グイン陛下のご記憶は、もとに戻った――のですね……？　と考えて、よいのでしょうか？」

「部分的には、そうなのです。――陛下は、ルードの森に出現したときのこと、それからずっとケイロニアにいたり、そして豹頭将軍から豹頭王となられるまでの記憶は、すべて取り戻されました。それは間違いありません。それで、陛下のほうはだいぶ落ち着かれました。――完全に取り戻したというよりも、どうも、あらたに植え付けられた記憶が《上書き》された、とでもいったらいいのかもしれませんが――」

「上書き。記憶の、ですか。ウーム……」

ますますうろんそうにハゾスはいう。だが、懸命だったので、そのままた、話の続きをうながした。

「それで」

「さよう、もう、いまは、リンダさまとの出会いや、どのようなことがあったか、コーセアの海をこえてともにこられたとか、そののち、イシュトヴァーン、マリウスどのと三人で北方を旅されたとか、そういうことはとてもよく覚えておいでです。というか、こんどは、このあいだまでとは逆に、『そのあたりのこと』が一番くっきりと記憶に残っておいでになります。むろんケイロニアのことも、アキレウス陛下をめぐる陰謀があったとか、オクタヴィア皇女とマリウスさまが出会って、そしてサイロンを発って長い旅に出てゆかれたとか——そのあたりのことは、すべてきれいに思い出されました。というより、その記憶がなかったことなど、まったくなかったように感じておられます。ですから、そのへんのことについては、覚えておいでですか、とおたずねすると、けげんな顔をなさいます」

「ふむ……」

「しかし、逆に、もっと近くなった記憶はすべて、こんどは、そちらが封印されてしまったようなのです」

「というと」

「その記憶の断層が、こんどは正確には、どこにあるのか、私にもそこまでは、いままでの短い時間だけではなかなかつきとめられませんでした。——なにしろ、それなりの時間がたっていることですし、いつからその記憶が途切れているのかを知るには、本当に、じっくり陛下と膝をつきあわせて、ちくいち陛下のたどっていらした軌跡を調べてみる必要がありますから。とうてい、そこまでは——それに、それ以前のことについては、マリウスさまや、リンダさまにうかがって、照らし合わせが出来ましたが、ケイロニアでおきた出来事については、私どもパロの人間はなかなか知るすべがありません。したがって、陛下におたずねして、照らし合わせるべき材料がないのです。これについては、どのようにすべきか、こまかに書類にしてさしあげますので、ハゾスさまがご承知おきあって、ケイロニアにお戻りになってから、そういう、グイン陛下の治療班を作り上げてじっくりと照らし合わせて記憶の断層を探してみられるしかないと思います、帰国を予定どおりお急ぎでしたら」

「ふむむむ……」

「むろん、こちらから、何人か魔道師をお貸しして、ご協力させることも出来ると思います。——しかし、とりあえず、おおづかみなことはみな、ケイロニアにおいでになって豹頭王になられるまでについては、ご記憶は戻っておいでのようだ、と私のほうは感じました」

「ということは……そのあとについては……」

「転送されて、ノスフェラスにゆかれたことは、覚えておいでではないのです」

憮然として、ヴァレリウスが説明した。

「それに、アモン太子のことも――それは何だ、とおおせになって――そもそも古代機械、といっても、きいたことがある、といわれるくらいで――」

「どうも、古代機械と、それにまつわる、パロ内乱前後のご記憶が、もっともきれいに消去されてしまったようです」

ヨナは説明した。

「これはどうも、この《修正》をしたのが、その当の古代機械そのものですから……おそらく、それはこの古代機械そのものの狙い、目的だったのではないか、というように私は考えました。あるいは陛下が、古代機械に永久の活動停止を命じられたことと、かかわりがあるのかもしれませんし、ないのかもしれませんが――ともあれ、古代機械についても、御自分がそれの《最終マスター》に選ばれたことについても、なんだ、それは、とおおせになるばかりで、何のご記憶もありません。また、当然、転送されて、それから、そのあとずっと旅をしてこられ、タイスを抜けてこられ、そこでいろいろなことがあって――フロリーどのとその一子小イシュトヴァーン王子とめぐりあわれたことか、そのへんのこともきれいに忘れておられます」

「スーティ王子のことを、忘れておられる！」

かるい衝撃を受けて、ハゾスは叫んだ。

「あれほど、可愛がっておられて――御自分の子にするとまで、いっておられたのにか？　そんな……」

「むろんまだ、直接お会わせしているわけではありませんので、顔をごらんになったとき、あれだけ可愛がっていた坊やのことですから、突然何かの記憶がよみがえってこられないものではない。それは、このまえ、マリウスさまのことや、リンダさまのことを思い出されたのと同じようにです。しかしどうも、陛下のいま現在のご記憶のなかでは、陛下は御自分がなぜパロにいるのか、どうして突然パロでこうしているのか、理解なされておられないらしい。今日の時点では、陛下にとって、『どこまで』が現実の記憶で、そのあと、どこから『いま』にとんでいるのかが、正直いってよくわからなかったのです。ナリスさまに――亡くなられようとするナリスさまに会われたことは、ご記憶にないのです。しかし、『自分は、パロを救うために援軍を命じられたような気がする』ということは云っておられました。が、それが、いつで、そのあとどのようなことがあったか、ということは『よくわからない』といっておいでで――陛下のほうも、あまりにいろいろと衝撃的なことが続いておられて、たいそうお疲れの御様子だったので、とりあえず今日はそこまで、ということにして、お話をいったんうち切って、お休みいただいたのですが」

「ウーム……」

「おそらくは、何か禁忌とされる項目があって、それにまつわる記憶を古代機械が消去してしまったさいに、それに関連する出来事も一緒に消えてしまっているのだと思いますが——そして、その禁忌というのは、いくつかあるようなのですが、その最大のものはその当の古代機械と考えて間違いありませんが、それについで大きいのが、パロの受けた侵略についてで——いえ、パロを救うために援軍を出した、とまではご記憶されているのですが、どうも、その行軍の途中から——一気に、気が付いたらパロにきていて、どうも何もかも納得がゆかない、という、そんな御気分でおられるようで……」

「ふむむむ……」

「何にせよ、しかし、これまでよりは、ずいぶんと陛下にしてみれば、お楽になられたようで——いろいろ、いまの状態についてけげんなことも、納得のゆかないこともおありですが、しかしそれはあくまでも『自分』は自分である上で、よくわけのわからないことが自分の上におきた、というだけですから——これまでのように、自分はいったい何者なのだろう？　というようなご疑念は、もう持っておられない。それだけでもだいぶご安心なさったようで、昨夜はひさかたぶりによくおやすみになったようです」

「それは、まあ、よいことですが——しかし、それは……こちらも、こういうことはほとんど不慣れですし、どう考えていいか、わからないなァ……」

ハゾスはついつい本音の弱音を吐いた。

「本当をいえば、時間をたっぷりかけて——もうちょっとパロに滞在して、ヨナ博士に治療の中心となっていただいて、陛下のおつむりのなかみの状況を完全に分析していただいて——そのほうがきっと、よろしいんでしょうねえ。そうでないと、こういうことは——どうも、ケイロニアでは、こういうこまやかな繊細なことはなかなか、扱うものもおりませんし、どうもみんな、こういう微妙なことには不向きで……荒っぽいことだと、なんでもやってのける連中がいくらでもいるのですけれどもねえ、命知らずで……」

「はあ、しかしそれは私どもでも、ちゃんとお治し出来る、とはまったく保証できませんから……」

「でもそれにしても、いったい陛下が今度はいつごろからの記憶をなくしておられるのかとか——それにそもそも、その古代機械なんたらというもののことだって、いろいろと知識はおありになるわけですから。やはり、本当は、陛下が無意識のうちにもここパロを頼ってこられたのは正しかったと思うのですが——ただ、しかし、どうもかなり、じっさいにはサイロンの情勢が切迫してしまったようでして……」

「それも、当然でしょうねえ……やはり、大帝陛下の御容態が？」

「それもありますし……それに——」

ちょっと、ハゾスは口ごもった。

「もうひとつ、ちょっとやっかいな問題が——起きてきたようでして、それもありまして、少なくとも私は一刻も早くサイロンに、というか黒曜宮に戻らなくてはなりません。そして、それにさいしては、やはり、グイン陛下をご同行しないわけにはゆかないと思うのですよ。——まあその、こういう事情ですし、ほかならぬヨナ博士とヴァレリウスどのですから、こっそり秘密で打ち明けてしまいますが、そのやっかいな問題というのは、グイン陛下のその、お妃さまの精神状態についてなのです」

「はあ……」

「まあ、つまり——シルヴィア王妃陛下なわけですが——どうもなかなか、精神状態が不安定なおかたでして……いろいろとこれまでも、ケイロニア皇室に問題を起こされていることは、もう、隠したってはじまらないと思うのですが——衆知の事実ですからねえ。それが、アキレウス陛下から、グイン陛下がパロにおいでで、そして健在でおられる——ご記憶の障害のことについては、何もお伝えしておりませんから——と聞かれて、それなのになぜ帰ってこないのかと、かなり精神状態が悪化されまして——それで、それを扱いかねて、どっとまたアキレウス陛下のほうのご病状も悪くなられてしまったという、そのような状態でして——いや、アキレウス陛下は、おからだのほうはもう、すっかりよくなっておられるといってもいいようなので、結局のところは気鬱の病と申しますか、気持のほうの問題なのですけれどもねえ。それだけに、とにかく特効薬はひたすらグイン陛下、それだけだという……そういうことがあるものですから――」

「それは、もう、一刻も早くご帰国なさらねばかなわぬところでしょう」

ヴァレリウスはすかさず云った。

「こちらももう、ハゾスどのと最初にお話したあとからは、半分そのつもりで、グイン陛下のご帰国準備を――《竜の歯部隊》のかたたちともどもですね、それとなくさせておりますから、もう、じっさいには、いつ発たれても大丈夫なような状態なのですが……むろんリンダ陛下はとてもがっかりされ、お名残を惜しまれるでしょうが、それはもう、いったところで繰り言にすぎませんから……」

「いったん、あちらに戻ってしまえば、それはもう、たくさんの任務をかかえておられるグイン陛下が、これだけの長きにわたって国元をあけられたのですから、わっとたくさんのお仕事が攻め寄せてきもしましょうし、またすぐにパロに戻る、などということは、大帝陛下も王妃陛下もお許しになるわけがない。もう、二度とグインは遠征には出さぬ、と大帝陛下は、私が出立する前、しきりといっておられたくらいですから。ゼノンなりトールなり、若いものが遠征にはゆけばよい、ケイロニア王ともあろうものはもう二度とは遠征には行かせぬ、国内が乱れるのが恐しい、とたいそうなご執心で……ですから、とりあえず大帝陛下のお心をお慰めして、お顔をみせて落ち着かせてから、またあらためてパロへ治療に、というようなことも、当分はきわめて難しそうですし……

……」

「それはそうでしょう。何をいうにも、グイン陛下ほどのかたとあれば、大ケイロニアの最大のかなめであられるのですから」

「そう、それにアキレウス陛下がかなりご高齢になってこられて、ずいぶんお心細いご様子ですので、私ども臣下もなかなかに気が抜けません。――やはり、治療を中断するのは気に懸かりますが、このまま、グイン陛下にはご帰国の途についていただくほかはありますまい」

「そうですね。私もそう思っておりました。――では、早速リンダ陛下にもそのように申し上げて、ご帰国の準備を本格的に再開するようはからいますが、その前に、では、早くせねばとそても気になっていた――」

「宰相会談ですね。それはもう、今夜にでも、明日の朝にでも」

「では、今夜と、明日の朝、両方ともさせていただけたら一番いいかな」

ヴァレリウスはすかさず云った。

「なんといっても、とてもとても沢山、詰めさせていただきたいことがありますから、それだけあっても時間が足りないくらいです。何より最大の問題はやっぱりあのスーティ王子母子のこともありますけれどもね。それはもう、ほかにもあれやこれやございますので、早速、私としては、秘書官たちに資料を作らせて、今夜、それではご夕食前にでも、そちらにうかがわせていただいてよろしゅうございますか。正式の宰相会談のようにに場所をしつらえてしまうと、他の閣僚にも出てもらわなくてはなりませんし、そうすると、なかなかに、密談もかないませんし」

「それは、私もそのほうがいいな。ヴァレリウスどのは話が早くて助かりますし。パロのかたにしては、本当にあっぱれなくらい、形式主義的でおありにならないから、本当に私も助かっておりますし」

「いやいや、私は実利を重んじる魔道師ですので。それで、しかし、形式を重んじるパロの宰相にはまったくふさわしからぬ、といまだにあちこちでひそかにそしられておりますが」

「まずは、帰国の日時を、それでは……」

「いろいろと準備もおありでしょうし、リンダ陛下をおなだめする時間も入り用ですし」

ヴァレリウスは苦笑した。

「それに、まあ、そうなれば、やはり一応、おいやでもまたなんらかの儀礼にはつきあっていただかないと——お名残をおしむ晩餐会だの、御挨拶だの、というようなやつですが。なるべく簡素にさせるよう、申しつけてはおきますが、リンダさまを納得させるためにも、最低一回は陛下にも、ハゾスさまにもおつきあい願わないわけにも参りませんし……幸い、陛下のほうは、今回の《修正》のおかげで、いま御自分がパロにいられる、ということについてはかなり疑惑を持っておられるにせよ、基本的にはすっかり落ち着いておられますから――」

「となると、そうだな……」

「あと、五日後に出国、ということでいかがでございましょうかね」

ヴァレリウスは提案した。

「それならば、あれこれ準備をすすめつつ、出国一日前の晩にお見送りの晩餐会を開き、かつまた、そのあいだに多少は時間がありますから、私どもはひそかに密談を重ねてあれやこれやとしつつ、ヨナ博士にはもうちょっとだけ、グイン陛下の治療を進めていただく、ということも出来るかと思いますが」

「素晴しい」

ハゾスはあっさりと云った。

「そのくらいなら、なんとか、もう二、三通、懇切に事情を説明する手紙を飛脚に持たせてサイロンに送り込んでおけば、大帝陛下も納得してくださるでしょう。王妃陛下のほうは保証のかぎりではないが。――あちらはまあ、よいとして――それで、とりあえず陛下と私と、ごく少数の精鋭たちだけが先乗りするような格好で急いで、それで、五日後にクリスタルをたてば――こうっと、十二、三日後にはサイロンに入れますね。そ

せんしねえ」

「マリウスさま、というか、アル・ディーンさまの問題も、なんとかしなくてはなりませんしねえ」

「それについては、私どもの立場はもう決まっていますよ」

ハゾスは簡単に突き放すように云った。

「もう、一応、オクタヴィア皇女殿下とは、マリウスさまは離婚しておられ、かつサイドン伯爵ももう返上された、ということに、書類上はなっておりますからね。ですから、もう、マリウスという吟遊詩人は、形式の上からは、何ももうケイロニア皇帝家との関連はございません。その上にまた、こちらにおいでなのはアル・ディーンさまという王子さまでしょう。私どもが存じ上げているのはマリウス、というもと吟遊詩人のかたですから、アル・ディーンといわれるパロの王子については、まったく存じ上げません。ですから、むろん――このことは、こちらにきてから、いつはっきりと申し上げたものかとずっと待っていたのですが、私どもにとりましては、もう、本当をいって、マリウス、という吟遊詩人さえ、パロの王子だ、と主張して登場してきたりしなければ、アル・ディーンどのという王子様については、何のかかわりもないことですから。――このところも、かけちがってまだリンダ陛下にしかお目にかかっておりませんが、そのお別れの晩餐会を開いていただけるのでしたら、ぜひとも、パロの王太子殿下になられる御予定のアル・ディーン王子さまにはお目にかかって、お初にお目にかかります、という御挨拶をさせていただきたいところです。同時に、吟遊詩人のマリウスというかたが、旅先で不慮の病を得て亡くなった、とでもいうようなお話でもうかがえましたら、これこそ、私どもにとっては、もっとも都合のよろしい状況なのですけれどもねえ」

「それはもう、おっしゃることはとてもとてもとてもよくわかります」

ヴァレリウスは深々と何回もうなづきながら、溜息をついた。

「私どもにせよ、アル・ディーン殿下が、王太子となられることを受け入れてくださって、そしてパロに、クリスタル・パレスに落ち着いてさえ下さるなら——それでもう、何も問題はないんですけれどもねえ。ま、これは内輪のことですが。ともあれ、これはこれから私たちがなんとかしてゆくことですので、ハゾスどのにそのように御親切に云っていただければこれはもう望外の満足、なんとかして、吟遊詩人のマリウスという輩には、この地上から消滅してもらうようにしたいものです。そうなれば、ケイロニア皇帝家も、そんな、ロクデナシの風来坊のような父親を、大切な大帝陛下の孫姫さまがお持ちになっている、などという風評もうち消すことがお出来になりましょうしねえ」

「まったくです」

力をこめてハゾスは同意した。

「本当にもう、マリニア姫には、お父様はおいでにならない、ということで、それで何の問題もないのですから。そもそもずっと、おいでにならなかったようなものなのですし、あの素晴しい美しいお母様も、偉大なお祖父様もおいでになるのですから。相変わらずマリニアさまのお耳の調子ははかばかしく回復しておられませんが、それでもあれだけ可愛らしい姫君は前代未聞ですよ。最近ことにおしゃまになられて、本当にわが大帝陛下の唯一の心の慰めです、お母様ともどもですけれどもね。ですから、それはもう、二度と放蕩者の父親がふらりと戻ってくるなどということにならないほうが、お互いの幸せというもので……」

「まともに王太子についてくれることさえ、受け入れてくれたら、万事それでめでたしめでたしになるんですけどねえ」

ヴァレリウスは思わず、深い溜息をついた。

「まったく、なかなか思うにまかせないものです。宰相なんかになるものじゃない。お互い、苦労しますすねえ」

「まったくです」

ハゾスは同意したが、いくぶん、その同意は、ヴァレリウスを気の毒に思ったため、といった雰囲気が感じられた。疑いもなく、ハゾスのほうはそれほど、宰相職というおのれのありように、不満は感じていなかったのだ。

「ともあれ、ではご出発は五日後ということでことを進めましょう。それまでになるべく、陛下のご記憶がもうちょっとかたちがつけられるとよいのですが。ともかく、われわれもみんなで最善を尽くしますよ。一番よいかたちでお国もとにお帰りいただけるように」

ヴァレリウスは云った。そして、あわただしく立ち上がった。

「さあ、では準備にかかりましょう。五日なんてあっという間ですからね。まずは、今夜、のちほど。ハゾス閣下」

あとがき

栗本薫です。お待たせいたしました。「グイン・サーガ」第百十九巻「ランドックの刻印」をお届けいたします。

この前が百十六巻「闘鬼」、百十七巻「暁の脱出」、百十八巻「クリスタルの再会」と、十月、十一月、十二月の月刊であったので、この今回の二ヶ月は「たいへんお待たせした」感があるのですが、よく考えるとそれってすごいことでもありますね（笑）隔月刊が「たいへんお待たせ」で（笑）月刊が「普通」になっちゃうと、それこそ「月刊誌グイン・サーガ」になってしまいます。きくところによればドイツの「ペリー・ローダン」シリーズは雑誌形式で週刊だったとも漏れ聞いておりますが、あちらは二十人がかりでの作業、こちらはたった一人の上、枚数もあちらは少なかった様子（笑）まあ、せめて隔月刊でもよしとしてやっていただくほうが無難かとは思います（笑）この何年か、わりと「三ヶ月連続」が何回か登場してきたので、なんとなくそっちがスタンダードになってしまうと、さすがに、さすがにですねえ(^^;)

ところで、今回は、百十八巻のあとがきを受けてというか、それにつづいてのお知らせというか御報告というか、まあ、あまりかんばしくないお話になってしまうのですが、百十八巻のあとがきで、わたくし、「ストレス性胃炎とアトピー」に襲われて「史上最大の不調」である、というようなことを書いておりましたね。その後すぐ——百十八巻のあとがきは十一月六日に書いておりますが、その後ものすごい全身の痒みと不調で眠ることも出来ない日々が続き、そのころにいい加減に「これはなんぼなんでもおかしい」と気付いていればよかったのですが、十一月の十一日になって、目の白目の部分が真っ黄色になってはじめて「これは黄疸では」と気づき（黄疸というのは全身のかゆみをともなうものなんだ、ということを知っていればよかったのですが、まったくそういう知識がなかったもので）やっと近所のかかりつけの（乳ガンを発見してくれたのもこの先生です）お医者さんにいったところ、「なんでもっと早く来ないの」と怒られてしまいまして、その場で紹介状を書いていただき、昭和大学病院に診察にその足でいって（「入院の準備をしてゆくように」といわれて）、診察を受け、そのままただちに緊急入院ということになってしまいました(/_;)

私がストレス性胃炎だと思っていたものは、実は「胆管閉塞」で、そして単なる「アトピー」だとばかり思っていたものは、実は胆管閉塞性のれっきとした黄疸だったのですね。じっさい、無知というのは恐しいものです。それにとにかく、「不調が出たらすぐお医者さん」というのを、励行する人だったらよかったのですが、そもそもが医者嫌いの病院嫌いであったために、余計に十日ばかり苦しんだことになってしまいましたが、そのあいだに炎症を起こさなかったのはたいへん幸いで、炎症を起こしてしまったらかなりややこしいことになっていただろう、ということでした。

ともあれ、それでいきなり入院と検査の日々になってしまい、結局出た結果が「下部胆管癌」であろう、という宣告で、ただ、不幸中の幸いとして、場所がかなり稀少な下部胆管であるので、かなり致死率の高い膵臓癌ではない、また胆管の上のほうであったらそれまた肝臓か膵臓に転移していたであろうし、炎症をおこして敗血症になる可能性が高かった、ということで、運は悪いのだがそのなかでは悪運は強かったらしい、ということになりました。

そのあと内視鏡でつぶれた胆管に管を通しまして、ひたすら全身にまわってしまった胆汁の毒を排出し、胆嚢の機能をもとに戻した結果、三週間の入院で一応いったん退院しましたが、その原因となった腫瘍はどうあれとらなくてはいけないので、十二月なかばにこんどは専門病院に再入院して、そちらで開腹手術ということになり、手術してしまえばそれから四週間唸っているしかない、ということなので、その前に急遽このあとがきを早手回しに書いている、というしだいであります。

まあ、どうせ十六年前にも乳ガンやっていることなんだし、と思っていたら、執刀医の先生に「何か大病しましたか」ときかれて「はあ、十六年前に乳ガンの手術を」と答えたら「乳ガン？　あんなの大病だと思ってもらっちゃ困る。あんなのを手術だと思われたら今度はケタはずれに大変だよ」と脅かされてしまいまして（泣）「これでもけっこう大変だったんだい」とひそかに反抗したり（笑）いたしましたが、何にせよ、まあ、こうなってしまえばマナイタの鯉、お医者さんのなすがままです。この一冊を皆様がお読みになるころには、もう退院して療養生活に入っているか、それとも……というようなことになっていると思います。まあ、どうなろうと、それはそれ私の運命であろうということで、しょうがないですね、これればかりは。

サイトもとりあえず休止状態にせざるを得なかったし、それでいろいろな皆様からお見舞いや御心配を頂戴しましたが、確かにもうこうなってしまえばなるようになるといいましょうか、生死一如と申しましょうか、ともあれこの本がお手元に無事とどくころには私のほうもとりあえずなんとかはなっていると思います。あとはもう、転移するとか再発するとか、開いてみたら駄目だったとか、それはもう、「運」ですね。「運」以外のものじゃないです（笑）おちゃらけているようでございますが、なにせ当人のことですから、そうとでも云っているほかはありませんで、「まあ、なるようになるだろう」という以外、ないですねえ。こうなってしまうと。

しかし、まあ、もし生還出来たら（一応、術後五年生存率は四十％だというので、それほど割りの悪い勝負というわけでもないんでしょう）ずいぶんといろいろなことは変えてゆこう、もう本当に余分なものはだんだん排除していって、よけいなストレスとは縁を切り、ひっそりと自分の「本当にしたいこと、しなくてはいけないこと」の優先順位を守り通して、たとえ今回すべてがこの上もなくうまくいっても、もう以前のような無茶は出来ない体になることでもあり（なにせ胆嚢と十二指腸と膵臓の一部ともしかしたら肝臓の一部とかまで、みんなとっちゃうんだそうです）無理をしない、のを合い言葉に、ひたすら「一番したいこととその次にしたいことと、その次の次くらいまでにしたいこと」だけを大事にして生きてゆくほかはないかな、と思っています。まあ、私にとってはもう、自分の生き方というものはさだまってしまっていますので、どうジタバタする理由もなく、あと余命が一年といわれればその一年分、あと十年といわれれば十年分、あと百年といわれたって、やっぱりその百年分、ただただ、グィンを書き、ヤオイを書き、大正浪漫を書き、たまに伊集院大介を書き、ほんとにたまに時間と体力の余力があれば単発ものを書いて、でもって好きなピアノを弾いたり料理をしたり着物を着られたら着たりして、好きな人たちと会って好きな話をして生きてゆくだけのことですから、どう変えようもないし、どうあがきようもないのですが。

　こういう状態になってしまうともう、これまでにいろいろとストレスになっていたことどもというのも、なんだかすごく対岸のものに思われて、ああ、所詮そういうよけいなことというのはみんな「ただのよけいなこと」でしかなかった、本当に、びっくりするほど本質とかかわりのないものだったんだなあ、と思います。本質というものが何なのかはひとによっては異論もありましょうが、私には関係のないこと、もうこれから先は、雑音など一切かかわりなく、残された人生を「自分のためにだけ」書いてゆくだけのことだ、とあらためて思います。それが一年あろうと十年あろうと、百年あってもやっぱり同じことでしかない、というのを、わかるために今回のようなことは起こるのかもしれないなあ、と思います。

ひとつだけ、このラインからはみだして書いておきたいこともありますが、それも神様が許してくれればの話です。スーティが大きくなるまでは、どうあってももたないかなあ、と思うとそれは残念ですが……といって一気に駆け足でその先だけをのぞくことも出来ませんし。時の流れというのは、所詮そういうものなのですね。

というわけで、いまはあと十日でやってくる手術待ちの日々のなかですが、とにかく「風邪だけはひかないように」と厳重注意を受けていますので、無茶をせず、かつてないくらい体調のほうは安定してる感じです（笑）皮肉なもんですね。黄疸も直ったし、雑用も野暮用もなくなっちゃったので、出かける先は病院だけ。長年悩まされていたむくみも疲労もすっかり消えて、「本当はこうやって過ごしているべきだったのかなあ」と不思議な気分です。ものすごく小説が書けちゃいますね（笑）十一月と十二月の生産量は凄いです（笑）もっともそれもあと十日でぱたりととまる予定なのですが。

というわけで、私にとっては「よいお年をお迎え下さい」なのですが、皆様にとってはもうとっくにあけて節分もすぎるころあいの筈ですので、「よいお年を」でもないですね。ともあれ、二〇〇八年がもうちょっとは、お互いによい年になるといいなと思っています。私たちにとっても、世界にとっても。

いま現在百二十一巻まで書き上がっていますので、あと二回は少なくとも在庫（爆）があります（笑）そのあとはどうなるんでしょうね。これが出るころには、いろいろとわかっていると思います。また、お目にかかれますことをヤーンの神に祈って。それとも小説の神様に、かな。

二〇〇七年十二月八日（土）

神楽坂倶楽部URL
http://homepage2.nifty.com/kaguraclub/

天狼星通信オンラインURL
http://homepage3.nifty.com/tenro

「天狼叢書」「浪漫之友」などの同人誌通販のお知らせを含む天狼プロダクションの最新情報は「天狼星通信オンライン」でご案内しています。

情報を郵送でご希望のかたは、返送先を記入し80円切手を貼った返信用封筒を同封してお問い合せください。

（受付締切などはございません）

〒108-0014　東京都港区芝4-4-10　ハタノビルB1F
㈱天狼プロダクション「情報案内」係

珠玉の短篇集

五人姉妹
菅 浩江
クローン姉妹の複雑な心模様を描いた表題作ほか〝やさしさ〟と〝せつなさ〟の9篇収録

レフト・アローン
藤崎慎吾
五感を制御された火星の兵士の運命を描く表題作他、科学の言葉がつむぐ宇宙の神話5篇

西城秀樹のおかげです
森奈津子
人類に福音を授ける愛と笑いとエロスの8篇日本SF大賞候補の代表作、待望の文庫化！

夢の樹が接げたなら
森岡浩之
《星界》シリーズで、SF新時代を切り拓く森岡浩之のエッセンスが凝集した8篇を収録

シュレディンガーのチョコパフェ
山本 弘
時空の混淆とアキバ系恋愛の行方を描く表題作、SFマガジン読者賞受賞作など7篇収録

原尞の作品

そして夜は甦る

高層ビル街の片隅に事務所を構える私立探偵沢崎、初登場！　記念すべき長篇デビュー作

直木賞受賞

私が殺した少女

私立探偵沢崎は不運にも誘拐事件に巻き込まれる。斯界を瞠目させた名作ハードボイルド

さらば長き眠り

ひさびさに事務所に帰ってきた沢崎を待っていたのは、元高校野球選手からの依頼だった

愚か者死すべし

事務所を閉める大晦日に、沢崎は狙撃事件に遭遇してしまう。新・沢崎シリーズ第一弾。

日本冒険小説協会賞最優秀短編賞受賞

天使たちの探偵

沢崎の短篇初登場作「少年の見た男」ほか、未成年がからむ六つの事件を描く連作短篇集

著者略歴　早稲田大学文学部卒
作家　著書『さらしなにっき』『あなたとワルツを踊りたい』『暁の脱出』『クリスタルの再会』（以上早川書房刊）他多数

HM=Hayakawa Mystery
SF=Science Fiction
JA=Japanese Author
NV=Novel
NF=Nonfiction
FT=Fantasy

グイン・サーガ⑲
ランドックの刻印《こくいん》

〈JA915〉

二〇〇八年二月十日　印刷
二〇〇八年二月十五日　発行

（定価はカバーに表示してあります）

著者　栗《くり》本《もと》薫《かおる》
発行者　早川浩
印刷者　大柴正明
発行所　株式会社早川書房
郵便番号　一〇一 - 〇〇四六
東京都千代田区神田多町二ノ二
電話　〇三 - 三二五二 - 三一一一（大代表）
振替　〇〇一六〇 - 三 - 四七七九九
http://www.hayakawa-online.co.jp

乱丁・落丁本は小社制作部宛お送り下さい。
送料小社負担にてお取りかえいたします。

印刷・株式会社亨有堂印刷所　製本・大口製本印刷株式会社

ISBN978-4-15-030915-2 C0193